호스트

환영의 집

유재영

장편소설

환영의 집

OAE

VANTA

두려움은 죽음의 가능성을 드러냄으로써
주체에게 '생명을 선사한다'.

— 사라 아메드, 《감정의 문화정치》, 시우 옮김, 오월의봄, 2023

적산가옥 도면

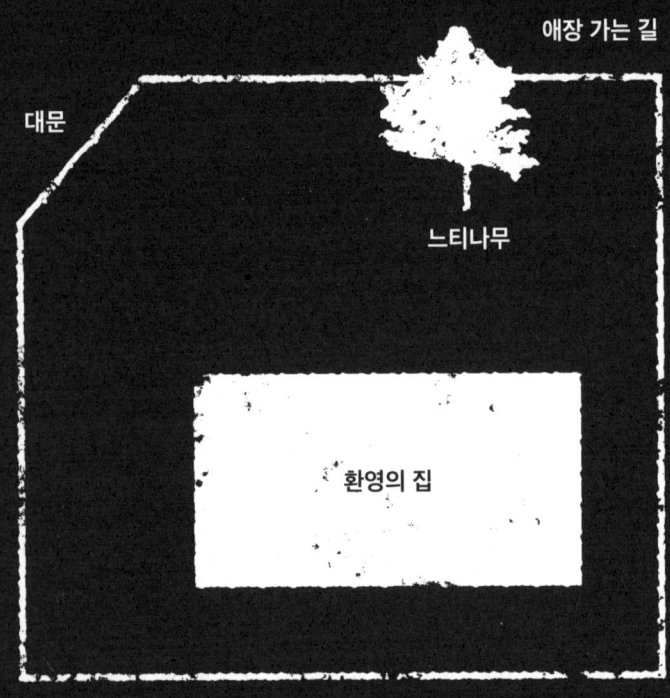

1층

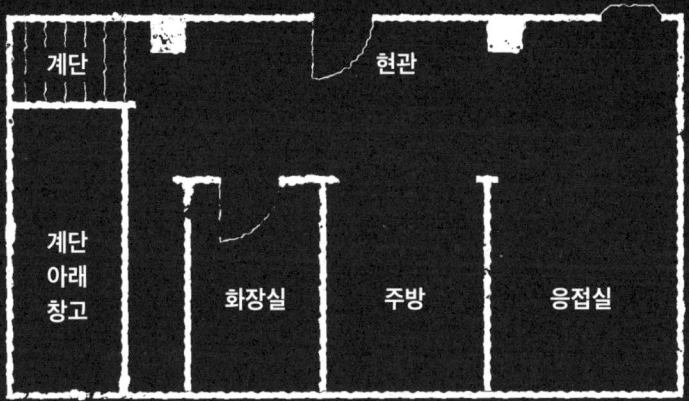

2층

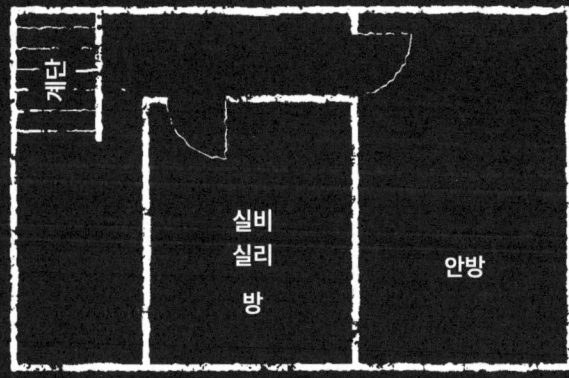

차례

1945	**나오**	… 11
2025	**수현**	… 30
2025	**규호**	… 38
1945	**나오**	… 51
2025	**수현**	… 65
1995	**규호**	… 80
1945	**나오**	… 100
2025	**수현**	… 113
1945	**나오**	… 128

2025	**수현**	··· 147
1995	**규호**	··· 162
1945	**나오**	··· 174
2025	**수현**	··· 187
1945	**나오**	··· 204
2025	**수현**	··· 222
1995	**규호**	··· 231
1945	**나오**	··· 238
2025	**수현**	··· 250

에필로그 고타로 ··· 274
작가의 말 ··· 281

1945

나오

해방을 앞두고 있다.

지난 며칠간 나는 엄마를 자주 떠올렸다. 세상을 떠나기 전 엄마는 유독 자신이 태어난 날과 이후 경성에서 보낸 유년기를 들려주며 기록해 두라고 했다. 믿기지 않는 일도 있었지만, 난 의심하지 않았다. 엄마는 진심으로 사람을 대했고, 진정으로 삶을 아꼈다. 죽은 사람은 얼마나 멀리 가는가. 이제야 엄마의 말을 알 것 같다. 다른 세계로 가려면 내 기록은 엄마로부터 시작해야 한다.

엄마가 태어난 그날, 이른 아침부터 개울가에 빨랫방

망이 소리가 울려 퍼졌다. 자신의 빨래 바구니가 절반쯤 비었을 때 출산이 임박했음을 직감한 할머니는 동무들의 부축을 받아 산파의 집으로 향했다. 도중에 처음으로 명동성당을 보았다. 언덕 위 붉은 벽돌로 지어진 고딕 양식의 건물은 익숙한 초가집이나 기와집과는 전혀 다른 풍경이었다. 가파른 지붕 위로 십자가가 세워져 있고, 좁고 뾰족한 첨탑이 하늘을 찌를 듯 솟아 있었다. 할머니는 내장을 쥐어짜는 듯한 극심한 통증을 견디면서도 그 붉은 건물에서 오래도록 눈을 떼지 못했다.

"곧 죽겠다며, 뭘 보는 거야?"

"저거."

할머니는 겨우 손을 뻗고 중얼거리듯 말했다.

"저걸 이제 봐? 성당이잖아. 거의 다 지었다던데."

할머니가 의식을 잃을까 봐 끊임없이 말을 붙인 이는 말숙 아주머니였다. 진땀을 뚝뚝 흘리던 할머니는 다음에 꼭 함께 가자고, 자기를 잊지 말고 데려가 달라고 부탁했다.

1899년 9월 25일, 엄마가 태어났다. 바람과는 달리 할머니는 성당에 가지 못했다. 엄마를 낳고 하루 만에 숨을 거뒀기 때문이다. 할머니가 죽고 얼마 뒤 할아버지도 엄마 곁을 떠났다. 할아버지는 생후 열흘이 채 되지 않은 엄마를 이웃에 사는 자신의 동생, 그러니까 나에게는 고모할머니가 되는 이에게 맡겼다. 고모할머니는 두 달 전 막 셋째 아이를 낳은 참이었다. 할아버지는 엄마가 오래 살지 못할 거라고 생각했던 모양이다. 남들보다 일찍 태어나 몸집이 왜소한 데다 제때 젖을 먹지 못한 탓이었다. 다섯 식구 입에 풀칠하기도 어려웠지만 고모할머니는 할아버지의 간청을 외면하지 못했고, 꿈틀거리는 생명을 내치지는 않았으나 특별히 돌보지도 않았다.

엄마는 할아버지의 예상과 달리 잔병치레 없이 자랐다. 일곱 살 이후로는 온 동네에 안 가본 곳이 없을 만큼 날래고 야무지게 성장했다. 그중에서도 가장 많이 들락거린 곳은 빨래터였는데, 엄마가 가장 좋아하는 자리는 넓적한 바위가 있는 아래쪽이었다. 빨랫감을 놓고 방망이로 두드리기 좋은 편평한 돌이 자리 잡고 있었다. 어른들은 비탈지고 좁아서 잘 가지 않는 곳이었다. 마찬가지로 체구가 작았던 할머니도 즐겨 찾던 자리였다. 그곳에서 여러 차례 눈길만 보내던 말숙 아주머니가 하늘이 유난히 푸르던 어느 날 엄마에게 말을 붙였다고 했다. 아무래도 수년 전에 죽은 자신의 친구와 퍽 닮았던 것이다.

"너 혹시, 금자냐?"

고개를 끄덕이던 엄마는 말을 붙인 상대가 자신의 엄마일지도 모른다고 잠깐 생각했다. 그때까지 고모할머니는 엄마에게 생모인 할머니에 대해 한마디도 해준 적이 없었고 엄마 역시 묻지 않았다. 다만 고모할머니가 자신을 낳아준 엄마가 아니라는 것만은 본능적으로 알았다.

"어머나. 맞네, 맞아."

말숙 아주머니는 손가락을 꼽으며 계산을 이어갔다. 그러고는 자신은 엄마의 오랜 동무라고, 네 엄마도 이 자리를 좋아했다고, 쪼끄만 게 어찌 알고 이곳에 왔느냐고 묻다가 눈시울을 붉혔다. 할머니가 딸을 낳으면 '금자'라고 이름 붙일 거라는 말을 기억하고 있었다.

"또요. 우리 엄마가 어땠는가요?"

엄마는 얼굴이 비칠 듯 맑은 개울을 바라보며 양손으로 저고리를 조몰락거리다가 대꾸했다. 말숙 아주머니는 붉어진 눈시울을 훔치고 엄마에게 다가앉아 손바닥으로 양 볼을 감쌌다. 엄마는 낯선 촉감에 부르르 떨면서도 피하지 않았다. 처음 두 손이 닿았을 때 느낀 냉기는 금방 사라지고 온기가 더해졌다.

"그렇지. 눈이며 코며 입술…… 다 빼닮았네. 성질 하난 유난했지."

엄마는 그전까지 단 한 번도 자신의 얼굴에서 누군가의 흔적을 찾아본 적이 없었다. 그런데 거기에 엄마가 있었다니. 두 뺨에 와 닿은 거친 손바닥의 감촉과 그 따스함이 왠지 모르게 아득해서, 엄마는 손에 쥔 저고리 자락을 놓지 못한 채 가만히 앉아 있었다.

"내일도 올 거지?"

그 뒤로도 엄마는 빨래터에서 말숙 아주머니를 자주 만났고 이모라고 부르며 잘 따랐다. 그때마다 추억을 조금씩 나눠준 덕분에 엄마는 할머니에 대해 나날이 더 알게 되었다. 뒤늦게 들은 이야기 속에서 할머니는 엄마에게 엄마라기보단 언니나 동무처럼 느껴졌다.

"개성에서 팥 농사를 짓다가 열일곱에 윗마을 농장에서 일하던 네 아버지를 만나 여기로 온 거야."

"왜요?"

"글쎄. 호기심이 많았어. 대처에서 살고 싶었대. 재주가 많았거든."

"경성이 궁금했나?"

"아무래도 개성보단 경성이 넓고 사람도 많으니까."

"그래서 하늘나라로 갔을까요? 경성 구경은 다 했고, 이제는 거기가 궁금해서?"

"그래. 이렇게 고운 딸자식도 낳았겠다, 이제 가보자 했겠지."

말숙 아주머니는 하늘을 올려다보며 답했다. 그러고는 엄마가 태어나기 직전, 할머니가 같이 가보자 했던 명동성당에 대해 일러주었다.

"그렇잖아도 네 엄마가 하늘나라에 갔다는 소식을 듣고 거기 가서 수녀님에게 기도하는 법을 배웠거든. 요렇게 양 손바닥을 붙이고 엄지로 십자가를 만든 다음에 맘속으로 말하는 거야. 그래, 고생했다. 네 아기, 금자 걱정은 말고, 거기선 아프지 말고, 응?"

말숙 아주머니의 말은 어느새 할머니에게로 향했다. 그 모습을 지켜보던 엄마는 두 손을 꼭 맞붙였다.

"그리고 마지막엔 이러는 거야. 아멘." 말숙 아주머니가 엄마에게 눈짓하며 말했다. "금자도 해봐라. 아멘."

"아멘."

엄마는 맞잡은 두 손을 가슴 언저리까지 올린 뒤 조용히 중얼거렸다. 환한 대낮에 눈을 감아본 건 처음이었다. 막 감았을 때는 온통 시커멓더니 점점 더 많은 것이 보이고 다양한 소리가 들렸다. 기도를 해본 것도 처음이었다. 마음속으로 중얼거리는 말이, 입 밖으로 낸 말보다 더 깊은 곳에 가닿는 느낌이었다. 이렇게 오랫동안 할머니를 떠올린 건 그날이 처음이었다고, 아직 낯선 할머니에게 직접 말을 걸지 않고도 말할 수 있어서 좋았다고 엄마는 말했다.

며칠 뒤 엄마는 말숙 아주머니와 함께 명동성당에 가서 진짜 기도를 했다. 엄마는 물기를 머금어 무거워진 빨래 바구니를 들고 말숙 아주머니의 뒤를 따랐다. 빨래터 근처 산굴에 들어설 때처럼 서늘하고 낯선 공기가 얼굴을 스치더니, 묵직한 나무 문이 닫히자 바깥 소음이 뚝 끊겼다. 성당 안은 생각보다 훨씬 어두웠다. 정적 속에서 무언가 숨죽인 채 지켜보고 있는 듯한 묘한 긴장감이 느껴졌다. 몇 발자국 들어가자 커다란 사람 동상이 벽면에 서 있었고, 색색의 스테인드글라스를 뚫고 쏟아지는 햇살은 마치 성인들의 축복처럼 조용히 공간을 채웠다. 오르간 연주 소리, 길쭉한 의자들, 깨금발을 해도 닿지 않는 천장. 그 까마득한 높이와 깊이가 어린 엄마를 압도했다. 발밑과 머리 위, 사방이 무한히 펼쳐진 듯한 아찔한 감각이 엄마를 휘감았다.

"여기가 하늘나라예요?"

엄마는 자기도 모르게 말숙 아주머니에게 나지막이 물었다.

"그럼 기도하는 사람이 없겠지. 저기 가 앉아. 가르쳐 준 거 있지? 여기서 기도를 하는 거야."

말숙 아주머니가 낮은 목소리로 답하며 손짓했다.

엄마는 빨래 바구니를 발치에 내려놓고 자리에 앉아 팔꿈치를 나무판 위에 갖다 대고서 지그시 눈을 감았다. 감은 두 눈 위로 햇살이 느껴졌다.

그 뒤로도 엄마는 홀로 성당에 들르곤 했다. 머리카락이 노란 수녀가 미사 시간을 알려주기도 했는데, 미사에는 한 번도 참석하지 않았다. 아침과 저녁에 조카들을 돌봐야 했기 때문이다. 고모할머니는 엄마가 같이 살게 된 이후에도 내리 다섯을 더 낳았고, 그 아이들은 어린 엄마를 잘 따랐다. 엄마는 젖을 다 먹은 아이를 건네받아 트림을 시키기도 하고 기저귀 빨래를 도맡아 하기도 했다. 동네 어른들에게 아기장수니 도깨비 왕국이니 하는 이야기를 전해 듣고 와서 아이들에게 들려주는 일도 엄마의 몫이었다.

"도깨비 왕국에 사는 도깨비들의 생김새가 어땠냐면 말이지. 머리가 두 개요, 눈이 네 개인 데다가, 우뚝 솟은 높다란 뿔 아래로 시뻘건 눈동자가 두 눈을 부릅뜨고 있었대. 코는 몽땅한데 입은 가마솥만큼 커서 그 모습을 마을 어른들도 제대로 볼 수 없었지."

이야기를 하다 보니 자꾸 살을 붙이게 됐는데, 아직 옹알이만 하는 아이들도 귀를 쫑긋 세우고 숨죽여 들었다. 엄마는 이야기를 할 때마다 더 많은 것이 궁금해졌다고 했다. 하지만 바쁜 어른들에게 물을 순 없었나. 엄마에게 그다음과 저 너머의 이야기를 들려주는 이는 말숙 아주머니뿐이었다.

열세 살이 되던 해, 말숙 아주머니가 엄마에게 일자리를 소개해 주었다. 일본인 가정의 부엌데기 자리였다. 말숙 아주머니는 그 어느 때보다 신중한 목소리로 말을 꺼냈다.

"금자야, 거기에 가더라도 학교는 못 다니겠지만 읽고 쓰는 건 배울 수 있을 거야. 아줌마 친구가 거기 있으니까 굶는 일도 없을 테고. 걔가 시키는 일만 하면 돼. 그 집 딸이 이번에 일본에서 왔어. 금자 너는 그 딸 심부름을 도맡아 하게 될 거야. 네가 하겠다고 하면, 네 고모한테는 아줌마가 얘기해 줄게." 말숙 아주머니는 거기까지 얘기하고 엄마의 표정을 살폈다. "어때? 생각할 시간이 필요하지?"

"하고 싶어요."

엄마는 망설이지 않고 답했다. 어디든 다른 곳으로 가고 싶었다. 할머니가 개성에서 경성으로 향할 때도 이런 마음이 아니었을까. 엄마의 표정이 워낙 단호했기에 말숙 아주머니도 더는 묻지 않았다. 말숙 아주머니는 친구에게 건네받은 50환을 들고 고모할머니를 찾아갔다. 그리고 대뜸 돈을 내밀었다. 식구가 줄줄이 딸린 집에서 귀한 일꾼을 쉽게 내줄 리 없었다. 하지만 고모할머니는 바로 안 된다고 하지 않았다. 대신 엄마의 의사를 물었고 엄마의 결심을 재차 확인했다. 뒤이어 조카들이 없을 때

얼른 짐을 싸라며 누런 보자기를 건넸다. 마당을 나서기 직전 고모할머니는 엄마를 꼭 끌어안은 뒤 말숙 아주머니에게 잘 부탁한다며 50환을 돌려주었다. 말숙 아주머니가 손사래를 쳤지만 고모할머니의 의지는 확고했다. 결국 그 돈은 엄마의 안주머니로 들어갔다. 엄마는 옷 보자기를 가슴에 끌어안고 말숙 아주머니의 뒤를 따라나섰고 천변에서 전차에 올랐다.

말숙 아주머니를 따라 허겁지겁 전차에서 내리니 저 멀리 조선총독부 건물이 보였다. 낯선 모양의 벽돌 건물이 하늘을 반쯤 가린 채 늘어서 있었다. 사람들이 분주히 움직이고 마차가 전차 길을 따라 쉴 새 없이 오고 갔다. 한복 차림의 사람들 사이로 양복과 기모노를 입은 사람들이 뒤섞여 걸었다. 전차가 울리는 종소리가 귓전을 때리고 상점마다 내걸린 일본어 간판들이 눈을 어시럽혔다. 흙먼지가 이는 대로에 엄마처럼 종아리 위로 댕강 올라간 치마를 입은 또래는 보이지 않았다. 엄마가 알던 좁고 빽빽한 천변 골목과는 너무도 달랐다. 사람들 손에 들린 서양식 우산과 머리에 쓴 신식 모자가 신기했고, 어디선가 뿜어져 나오는 매캐한 냄새가 코를 찔렀다. 엄마는 말숙 아주머니의 치맛자락을 더 꽉 붙잡았다. 말숙 아주머니는 뒤를 돌아보더니 얼른 따라오라고 재촉했다. 엄마는 빨래터에서 얼마나 멀리 왔을까 생각하며 주변을 살폈다. 풍경은 낯설었지만 저 멀리 성당이 보이는 것 같았다. 엄마는 여기도 결국 사람 사는 곳이라고 중얼거린 뒤 마지막으로 읊조리듯 말했다. 아멘.

총독부 건물을 뒤로하고 골목으로 들어서자 양옆으로 양옥집이 늘어서 있었다. 말숙 아주머니는 조금 더 걸어 들어가 청색 대문 앞에 선 뒤에야 엄마를 돌아보았다. 그리고 엄마의 옷매무새를 가다듬고는 뻗쳐 나온 머리카락을 단정하게 쓸어 넘겼다.

"우리 금자, 하던 대로 하면 돼. 아줌마는 다 알아. 금자가 뭐든 잘하는 거. 그러니까 너무 무리하진 말고. 하던 대로, 응? 할 수 있지?"

엄마는 고개를 끄덕였다.

이윽고 말숙 아주머니가 대문 손잡이를 잡고 천천히 두드리자 흰색 앞치마를 두른 여자가 나왔다. 엄마는 옷보자기를 문간방 한편에 내려놓자마자 곧장 걸레질을 시작했다. 무릎을 꿇은 채 손걸레로 먼지를 훔쳐냈다. 반짝이는 마룻바닥을 보면서 그제야 말숙 아주머니와 제대로 작별 인사를 나누지 못한 게 생각났다고 엄마는 말했다.

그 집을 구석구석 들여다볼 수 있었던 건, 사흘이 지나 그 집에 사는 사람들이 모두 인천으로 이틀간 여행을 떠난 후였다. 집 전체는 미음 자 형태로 대문은 항상 닫아두고 쪽문만 사용했다. 엇비슷하게 생긴 다다미방을 열고 나오면 어디서나 중정이 보였다. 중정에는 어린 벚나무 한 그루와 작은 연못이 있었다. 봄이면 연못 위로 겹겹이 떠 있는 꽃잎을 건져내는 일도 엄마의 몫이었다.

엄마는 그 집에서 유령이나 다름없었다. 그 집 주인들은 엄마를 못 본 체했다. 바로 앞에서도 마당에 놓인 석등이나 분재 쪽에 시선을 두곤 했다. 어린 엄마의 눈에는 그런 그들이 유령처럼 보였는데 단 한 사람만은 예외였다. 그 집 딸인 요코였다. 일본에서 사범대학을 졸업한 요코는 보통학교 2학년 교사를 맡고 있었다. 엄마를 대할 때도 교실에서 제자들을 상대하듯 자연스럽고 거리낌이 없었다. 이따금 대화 상대로 엄마를 찾기도 했다.

"고마워. 금자는 머리가 좋아서 학교에 다니면 제법 성적이 좋을 텐데."

"조선인 여자애도 학교에 다닐 수 있어요?"

"그럼. 우리 반에도 다섯이나 있어." 요코가 말했다. "너무 적긴 하지. 금자, 너는 똑똑하잖아. 일본말도 잘하고. 난 조선말이 참 어렵더라. 교토에서는……."

요코는 늘 고향 교토를 그리워했고 간혹 돌아가고 싶다는 말을 했는데, 요코가 정말로 그곳에 가기로 결심하기까지는 3년이 더 걸렸다. 그사이 엄마는 처음 이 집에 들어섰을 때와는 달리 목소리 톤이 낮고 부드러워졌으며 키도 요코와 비슷하게 성장해서 집을 떠나올 때 가져왔던 옷가지 중 입을 수 있는 건 아무것도 없었다.

한여름 날, 수업을 마치고 온 요코의 표정이 어두웠다. 엄마는 물을 따라놓고 물었다.

"학교에서 무슨 일 있으셨어요?"

요코는 가볍게 고개를 저었지만 눈가가 흔들렸다. 잠시 후 요코가 낮은 목소리로 말했다.

"오늘 일본어 시험이 있었는데, 우리 반 쇼지 군이 1등을 했어. 아이들이 손뼉을 치고 축하해 줬지. 그런데 김 군과 이 군은 일본어를 서툴게 읽었다고 친구들이 보는 앞에서 서로 뺨을 때리게 했어."

"선생님이요?"

"아니, 교장 선생님이 그 자리에 계셨거든." 요코는 엄마가 따라준 물을 마시고 이어서 말했다. "교장 선생님이 조선 아이들은 더 엄격하게 가르쳐야 한다고 하셨어. 틀리면 일본어로 반성문을 쓰게 하라고 하고. 이제는 친구끼리 때리게 하다니…… 말도 안 돼. 나는 할 수 없어."

요코는 늘 학생들을 공평하게 대한다고 믿었지만, 교실 안의 공기와 교칙은 그렇지 않았다.

"앞으로 또 무슨 일이 생길까……."

언제부터인가 요코의 말에는 긴 한숨이 따라붙을 때가 많았다. 그리고 며칠 뒤 요코는 고향으로 돌아가는 길을 택했고 엄마에게 같이 가지 않겠느냐고 물었다. 엄마의 선택은 4년 전과 다르지 않았다.

엄마는 요코를 따라 교토로 갔다. 1917년, 건축 사무소에서 근무하던 아빠를 만나 결혼할 때까지 요코의 집을 돌봤다. 엄마는 결혼한 뒤에도 경성에서와 비슷한 생활을 했다. 교토에 위치한 소박한 2층 목조 주택은 작은 정원과 응접실, 다다미방 두 칸과 다락으로 구성되어 있었다. 네 아빠도 마음에 들었지만, 이 집이 좋았어. 왜 아빠와 결혼했냐는 내 질문에 그렇게 답할 정도로 엄마는 집에 깃든 모든 것을 살뜰히 보살폈다. 그리고 그 과정에서 내가 태어났다. 1919년 9월 25일이었다. 엄마는 진통을 하는 와중에도 내가 세상에 나오려는 날이 자신의 생일과 같다는 걸 알고 기뻤다고 했다.

엄마는 나를 사랑으로 길렀다. 하지만 그 사랑은 늘 무언가에 가로막혔다. 세상이라는 이름의, 말로는 다 담을 수 없는 장벽들. 교토에서 엄마는 그들과 다른 존재였다. 엄마를 따라 시장에 나서면 사람들의 따가운 시선이 느껴졌고 이따금씩 욕설을 퍼붓는 이들도 있었다. 그곳에서도 엄마는 동등하지 않았다. 어느 날은 과일 가게 앞에서 상인이 중얼거리듯 말했다.

"조선인은 냄새가 나."

그 말이 내 몸에 스며드는 순간, 나는 조용히 엄마의 손을 뿌리쳤다. 엄마는 그날 하루 종일 손끝이 얼어붙은 것처럼 저릿했다고 했다.

그 일이 있은 뒤부터인지 확실하지 않지만 유년시절 엄마와 집에서 보내는 시간이 많았다. 거기엔 자주 아빠도 있었다. 세 사람은 서로를 아끼고 존중하며 사랑했다. 어린 나도 그걸 느낄 수 있었다. 엄마가 나에게 도깨비 왕국 이야기를 들려준 것도 그즈음이었을 것이다. 세 사람만 사는 왕국은 평화롭고 충만했다. 하지만 세상은 연결되어 있었다. 저기에서 전쟁이 벌어지면 여기에서 폭격이 일어났고, 그곳에서 무시받으면 여기에서 멸시당했다. 학교에 들어가자 내게도 엄마가 경험한 일들이 일어났다. 나는 그 차별이 엄마에게서 온다는 것이 서글펐다. 왜 하필 조선에서 태어났냐고 엄마를 원망했다. 세 사람의 소국小國은 너무나 손쉽게 무너졌다.

엄마의 병증이 시작되어 때때로 코피를 쏟을 때, 어린 나는 그것이 무척 불결하다고 느꼈다. 그냥 피여서가 아니라 조선인의 피였으므로. 그것이 일본인과 다를 이유기, 더러울 이유가 없는데도 나는 인상을 찌푸리며 바닥에 떨어진 피를 닦는 엄마를 외면했다.

그렇지만 나에게는 엄마와 함께한 좋은 순간들이 얼마든지 있었다. 엄마가 내 머리카락을 땋아줄 때, 어린 시절 고향에서 먹었다는 지짐이를 부쳐줄 때, 나는 엄마 앞에서 환하게 웃어 보였다. 예쁘다. 맛있다. 귀하다. 보고 싶다. 엄마는 기분 좋은 일이 있을 때면 조선말을 먼저 내뱉곤 했다. 무슨 뜻이냐고 물어보면 아무것도 아니라고 했지만 나는 그 말의 의미를 미루어 짐작할 수 있었다. 대화의 맥락으로, 엄마의 표정으로 숨겨진 의미를 헤아리고 가늠했다. 그것이 내가 세계를 이해하는 방식이 되었다. 엄마는 가르쳐주지 않았으나 여러 해에 걸쳐 삶으로 보여주었다. 엄마는 왜 내게 조선말을 가르쳐주지 않았을까. 훗날 나츠에게, 그리고 명숙 앞에서 그 단어들을 내뱉으며 다시 한번 생각했다.

엄마는 내가 열세 살 때 이름도 모르는 병에 걸려 죽었다. 돌이켜 보면 급성 백혈병이 아니었을까 의심할 따름이지만, 그걸 알았다고 해도 치료할 방도가 없기는 매한가지였다. 당시 엄마는 서른셋이었다. 할머니보다는 긴 시간이었다고 해도 더 많은 것을 이루고 수확할 나이였다. 죽음을 예감한 엄마는 내게 자신의 어린 시절 일들을 하나씩 떠올려 가며 말했다. 그리고 그 모든 이야기 끝에 남긴 말이 있었다.

"나중에 경성에 가거든, 그곳 성당을 보면서 엄마를 떠올려 줄래? 나오의 눈과 나오의 마음을 통해 엄마가 그곳에 돌아갈 수 있게 말이야. 그렇게 나오와 함께 그곳에 도착하면…… 또 다른 세계를 만날 수 있겠지."

엄마가 그토록 닿고 싶어 했던 경성. 나는 머지않아 그곳에 가게 되리라는 예감에 심장이 요동치는 걸 느꼈다. 경성의 모습이 하나둘 떠올랐다. 이상했다. 어떻게 가본 적도 없는 곳이 기억날까. 나는 엄마가 건강을 회복한 뒤 함께 경성에 가기를 꿈꿨으나 그 꿈은 이루어지지 않았다. 이번에는 엄마가 먼저 내 손을 놓았다.

2025

수현

　실비와 실리를 데리고 공원 산책을 나섰다. 왼손에 실비, 오른손에 실리의 작은 손이 놓였다. 실비가 퇴원한 뒤로 작은 하천을 따라 조성된 산책로를 자주 걸었다. 늘 함께한 건 아니었으나 실비와 실리가 따라나설 때가 많았다. 둘은 8분 차이로 태어났고, 실비는 언제나 그만큼 먼저였다. 실리와 실비가 아니라 실비와 실리였다. 항상 그 순서였다. 실비가 발병한 뒤에도 그랬다.

　실비와 실리는 산책로를 나설 때마다 새로운 것을 발견했다. 꽃망울을 틔운 들꽃과 나뭇가지 사이에 드리운 거미줄, 하천과 보도를 가르는 울타리 아래 접근 금지 팻말을 함께 지켜보았다. 그중에서도 실비와 실리가 가장 기다리는 건 공원에 사는 고양이였다. 커다란 바위틈에서 고개를 내밀고 경계하던 고양이. 배가 하얗고 꼬리 끝이 뭉툭한 노란 고양이. 체구가 작아서 새끼인 줄만 알았던 고양이. 아이들 앞에선 경계를 풀던 그 고양이는 내가 다가가면 바위틈으로 사라졌다. 잠시 뒤 새끼 둘과 함께 모습을 드러냈지만, 언제나 일정한 거리를 유지했다.

나는 하천 어디에도 밥자리가 없다는 걸 확인한 뒤로는 작은 플라스틱 통에 사료를 챙겨 산책을 나섰다. 평소라면 벌써 모습을 드러냈을 텐데 그날따라 고양이 가족은 조용했다. 빈 통을 수거하고 새 사료를 놓을 때까지 고양이는 나타나지 않았다. 실비와 실리가 차례로 이름을 불렀지만 마찬가지였다.

"자고 있나 봐." 내가 말했다.

실비와 실리는 고개를 돌린 채 바위틈을 바라보고 있었다.

"깨우지 말고 가자."

나는 속삭이듯 말했다. 다시 산책로로 들어서자 실비

와 실리도 뒤따라 걸어왔다.

　얼마 지나지 않아 수풀 사이에서 어미 고양이를 발견했다. 몸이 축 늘어지고 두 눈은 감겨 있었다. 이미 죽었다는 걸 알아챘다. 나는 잠시 멈춰 섰다. 아이들은 저만치에서 하천을 내려다보고 있었다. 모른 척 지나칠 순 없었다. 언젠가 육교 옆에서 까치의 사체를 발견했을 때 구청에 전화를 한 적이 있었다. 수화기 너머로 처리 방식을 묻자 담당자는 일반 쓰레기로 처리될 거라고 말했다. 나는 어미 고양이에게 가까이 다가가 숨이 멎은 걸 확인했다. 평온하게 잠든 것처럼 보이는 얼굴과 달리 땅에 닿은 반쪽은 심하게 일그러져 있었다. 아이들 쪽을 바라봤다. 쪼그려 앉은 나를 발견하곤 이쪽으로 걸어오고 있었다. 들고 있던 휴대전화를 주머니에 넣고 성호를 그었다.

　"자고 있나?"

　실리가 묻자, 옆에 있던 실비가 쪼그려 앉아 진실을 말했다.

　"죽었어."

　나는 실비와 실리의 손을 나란히 잡았다.

　"좋은 데 가라고 기도해 줄래? 엄마가 여기 뒤에다가

무덤을 만들어 줄게."

 나는 아이들의 눈을 가리거나 사체로부터 멀어지지 않았다. 비어 있는 플라스틱 통을 꺼내 수풀 뒤쪽을 파기 시작했다. 낮 동안의 열기로 땅은 푹푹 파였고, 조용히 흙먼지가 일었다가 가라앉기를 반복했다. 땅을 파면서 누군가가 먹여서는 안 될 것을 먹였을지도 모른다고 생각했다. 아니면 인간이 버린 것이나 이곳 하천에서 나고 자란 것 중에 독성이 있는 뭔가가 있었을지도 모른다. 백합과의 꽃이나 독버섯 같은 게 있었을까. 무엇이었든 간에 그게 고양이의 목숨을 앗아갔다. 인간의 삶은 상대적으로 작은 것들의 목숨을 아무렇지 않게 빼앗았다.

 실비가 혈액암 판정을 받았을 때, 나는 세상은 본래 가장 취약한 이를 겨냥해 더욱 잔혹해진다는 진실을 받아들일 수밖에 없었다. 나아지고 있다고 믿으려는 순간에도, 거리나 병원에서 사이렌 소리가 들리거나 사체를 보거나 누군가 소리 내어 우는 소리만 들려도 숨이 막혔다. 어디에든 대고 작작 좀 하라고 소리치고 싶었다. 내가 무엇을 해야 하는지, 할 수 있는지 까마득했다. 하지만 아이들 앞에서는 내색할 수 없었다. 땅을 파내며 호흡을 가다

들었다.

"어, 저기!" 실비가 소리쳤다.

우리가 걸어왔던 방향에서 새끼 고양이 두 마리가 이쪽을 바라보고 있었다.

"우리가 데리고 가면 안 돼?" 실비가 물었다.

나는 고개를 저었다.

"고양이는 태어나고 두 달이 지나면 어미에게서 떨어져 독립한대."

"아직 어리잖아."

실리도 실비와 같은 마음이었다.

"두 달이면 고양이 나이로는 학교 갈 나이거든."

"그래도 어리잖아."

"고양이는 원래 씩씩하고 용감해. 봐봐."

나는 수풀을 헤치며 저만치 사라지는 작은 뒷모습들을 가리켰다.

"같이 가자고 해도 따라오지 않을 거야."

나는 죽은 고양이를 조심스럽게 들어 옮겼다. 차갑고 단단하고 가벼웠다. 이렇게 큰 사체를 만지는 건 처음이었다. 구덩이는 넉넉했다. 흙을 덮고 실비와 실리를 다시 불렀다.

"여기에 손을 대고 기도해 줄까?"

"잘 가."

"잘 자."

실비와 실리가 차례로 말했다. 다시 산책로로 들어서자 새끼 고양이들은 보이지 않았다. 손수건을 꺼내 흙이 묻은 손을 닦고 아이들의 손도 닦아주었다. 집으로 돌아오는 길에 노을이 졌다. 붉어진 하늘을 마주 보며 걷다가 별안간 눈물이 뺨을 타고 흘렀다. 손등으로 양쪽 뺨을 재빨리 쓸어낸 뒤 다시 손을 잡았다.

"좀 아픈데?"

"응?"

"손목."

실리의 손목에 붉은 자국이 옅게 남아 있었다.

"미안, 괜찮아?"

"난 괜찮아."

실리가 내 손을 잡아끌었고, 나는 실리의 손을 떨어지지 않을 만큼만 살짝 움켜쥐었다.

집 현관문을 열고 아이들의 신발을 벗겨주다가 규호가 통화하는 소리를 들었다. 규호는 외출복 차림으로 통화 중이었다. 아이들에게 손을 흔들더니 내게 전화를 가리키곤 방문을 닫았다. 나는 욕조에 물을 받았다. 실비와 실리가 욕조 안으로 들어간 뒤 규호가 방문을 열고 나왔다.

"큰아버지 있잖아."

"당신 큰아버지?"

"그래, 며칠 전에 돌아가신 분."

"그분이 왜? 잘 모르는 분이라며. 그래서 장례식에 안 간 거 아니야?"

"뭐, 그렇긴 한데. 변호사한테 전화가 왔어." 규호는 조금 전 통화 내용을 상기하듯 휴대전화를 바라보며 말을 이었다. "내 앞으로 남긴 유산이 좀 있다고 하네."

"무슨 유산?"

"집이라는데. 좀 복잡한가 봐. 변호사가 한번 만나자고 전화가 왔어."

"집을 당신 앞으로 남겼다고?"

규호는 고개를 끄덕이고 나를 지나쳐 주방으로 가 냉장고에서 맥주 캔을 꺼냈다. 그러고는 캔을 따지 않은 채

싱크대 앞에 가만히 서 있었다. 무언가에 골몰할 때마다 규호는 잠시 멈춰 서서 숨을 죽이곤 했다.

"거기가 어딘데?"

주방에서 물을 한 잔 따라 마신 뒤 물었다.

"청림."

규호가 맥주 캔을 따며 답했다.

누가 거기 산다고 했는데…… 분명 어디선가 들어본 곳이었다.

2025

규호

 며칠 전 큰아버지의 장례식에 다녀왔다. 집에서 멀지 않은 곳이었고 금방 돌아왔기에 수현에게는 가지 않았다고 둘러댔다.

 규모에 비해 한적한 장례식장을 아들 현성이 홀로 지키고 있었다. 오랜만이었다. 현성은 미국으로 유학을 떠났다가 한국으로 돌아와 학원에서 아이들을 가르친다고 했다. 얼굴은 예전 그대로였지만, 세월의 흔적이 주름 깊숙이 내려앉아 있었다.

 "너는 어때?"

"그냥 지내지 뭐."

때마침 다른 조문객이 들어와 현성은 다시 빈소로 돌아갔다. 나는 앞에 놓인 육개장을 몇 숟가락 떠먹은 뒤 재킷을 챙겨 일어났다. 멀찍이 선 현성과 눈이 마주치자 그가 곧장 내 쪽으로 걸어왔다.

"아버지가 네 앞으로 뭘 남겼나 봐."

"나?"

현성이 고개를 끄덕였다.

"아버지가 최근에 따로 연락한 적 있나?"

"큰아버지가? 나한테?"

나는 고개를 저었다. 그들 가족은 상대할 때마다 거북했다. 항상 미심쩍은 기분이 남곤 했다. 현성의 형인 현필이 죽고 큰어머니가 돌아가신 뒤에, 그리고 아버지의 장례식장에서 마주친 뒤로는 큰아버지의 목소리조차 듣지 못했다.

"자세한 건 변호사가 얘기할 거야. 네가 어떻게 생각할지 모르겠는데, 그냥 편하게 생각해. 좋은 기회일지도 모르잖아."

현성의 말투에 깃든 묘한 우월감을 느꼈다. 과거와 달

라진 게 없었다. 나는 말없이 고개만 숙여 보인 뒤 식장을 빠져나왔다. 큰아버지가 내 앞으로 무언가를 남겼다면 그건 별로 달갑지 않은 것이리라 생각했다. 내 기억 속 큰아버지는 늘 크고 작은 선거에서 이기기 위해 부단히 애를 쓰는 인물이었다. 그가 생전에 강조했던 몇 마디 말 속에 힌트가 있지 않을까 짐작해 보기도 했지만, 신뢰할 수 없는 기억뿐이었다. 그렇기에 닷새가 지난 시점에 변호사란 사람이 연락해 올 줄은 예상하지 못했다.

그사이 징계위원회에서는 나에 대한 처분이 확정되었다. 소장은 3개월 감봉으로 끝난 게 다행이라며 쉬고 올 것을 권했다. 재소자를 가혹하게 다뤘다는 게 징계 사유였다. 나는 여전히 받아들일 수 없었다. 교정직 근무를 그만두고 싶었으나 실비의 병원비를 감당하기 위해선 어떻게든 버텨야 했다. 대출은 이미 최대한도로 끌어 썼고 마땅히 옮길 자리도 없었다. 당장 월급이 끊겼다가는 네 식구가 거리에 나앉게 될 형편이었다. 그럼에도 버티는 하루하루는 늘 새롭게 곤혹스러웠다.

변호사가 제시한 미팅 장소는 지하철역 앞 건물 3층에 있는 로펌 사무실이었다. 안내 데스크에서 변호사의 이름을 말하자 마른 체형의 젊은 남자가 나타나 나를 접견실로 안내했다.

"와주셔서 감사합니다. 장례식 때 뵌 적이 있던가요?"

변호사가 내게 의자를 가리키며 말했다.

"발인 전날 잠깐 다녀갔습니다."

변호사는 내 얼굴을 다시 한번 바라봤다.

"음. 그렇군요." 그는 믿지 않는 듯한 얼굴로 테이블 위에 올려진 서류철을 뒤적이다가 말했다. "말씀드린 대로 이민섭 씨의 유언을 집행하기 위해 연락드렸습니다."

나는 말없이 고개를 끄덕였다. 큰아버지가 여전히 나의 옷소매를 붙잡고 있는 것만 같았다. 청림을 떠나온 뒤에도 몇 년간 그는 직접 내게 전화를 걸어와 안부를 묻곤 했다. 그때마다 나는 내 삶은 고요하며 그저 묵묵히 살아가고 있음을 알렸다. 그렇게 이어지던 연락은 어느 시점에 뚝 끊겼다. 내가 공시 공부를 시작한 즈음이었는지, 아버지가 세상을 떠난 뒤였는지 정확히 기억나지 않았다.

변호사는 다시 고개를 숙이고 접혀 있는 페이지를 펼쳤다.

"이규호 씨에게 청림에 있는 집 한 채와 현금성 자산

약 2억 원을 남기셨습니다. 현금은 해당 건물에 대한 관리비로 봐주시면 될 거 같고요. 여기 확인해 보시죠."

변호사가 서류철에 끼워두었던 낱장의 문서를 건넸다. 나는 주소지와 숫자로 표기된 내용을 살폈다. 주소만으로는 어디인지 가늠하기 어려웠다.

"잠깐 확인해 봐도 될까요? 정확한 위치를 알고 싶어서요."

"그럼요."

나는 휴대전화에서 지도 앱을 켜고 주소를 입력했다. 그러자 호수 부근에 있는 숲 한가운데에 붉은색 점이 표시됐다.

"여기가 청림호 근처 주택단지인가요?"

"저도 가보지는 않았습니다. 고인의 유언을 집행할 뿐이니까요."

내가 휴대전화를 내려놓자 변호사는 말을 이었다.

"대신…… 고인께서 편지를 남기셨습니다."

그러더니 서류철 옆에 놓여 있던 편지를 건넸다.

"확인해도 되겠습니까?"

변호사가 고개를 끄덕였다.

"그럼 천천히 읽어보시죠. 저는 잠깐 나갔다가 오겠습니다."

회의실 문이 닫히자 흰 봉투의 옆선을 뜯었다. 접힌 종이가 안쪽에서 미끄러져 나왔다. 나는 잠시 숨을 고른 뒤 종이를 펼쳤다.

그 집을 지켜라.

큰아버지는 그 여섯 글자만을 남겼다.

청림까지는 차로 세 시간 남짓 걸렸다. 수현은 아이들의 컨디션을 걱정했지만, 정작 실비는 장거리 이동을 반겼다. 둘 다 창밖을 보다 멀미가 걱정될 무렵 잠들었다. 아이들이 깨어날 때쯤 청림호가 나타났다. 호수 진입로에서 전경이 내려다보이는 구간에 이르자 수면에 부딪힌 햇살이 차창에 어른거렸다. 호수를 중심으로 잎이 무성한 나무들이 가장자리에 짙은 그림자를 드리웠고, 날카로운 햇살이 부서진 물결 위로 쏟아져 내렸다. 숲속에서는 매미 소리가 울려 퍼지고 습기를 머금은 흙냄새와 풀내음이 창문 틈으로 새어 들어왔다. 나는 조용히 감탄하며 주택단지를 지나쳤다. 시멘트 벽과 창살에 갇힌 일상에서 비로소 벗어난 것 같았다. 아스팔트 도로가 끝난 뒤에도 숲으로 이어진 비포장도로를 300미터 남짓 더 들어가서야 목적지에 닿을 수 있었다. 오래된 담장이 용케 부서진 곳 없이 집의 테두리를 따라 넓게 둘러쳐져 있었다. 담벼락 앞에 차를 세우고 시동을 끄자 실비와 실리가 차례로 탄성을 질렀다.

나는 주머니에서 열쇠 꾸러미를 꺼내 들었다. 변호사가 서류봉투에 담아준 열쇠였다.

"일단 한번 다녀오시죠."

변호사는 편지까지 확인한 내가 좀처럼 입을 열지 않자 열쇠 꾸러미가 든 봉투를 건네며 제안했다.

"상속 절차는 그 후에 진행해도 늦지 않으니까요."

나는 단번에 대문 열쇠를 찾았다. 철제문이 삐걱거리며 열리고 실비와 실리, 그리고 수현이 차례로 문턱을 넘었다.

"우와."

실비와 실리가 눈앞의 2층짜리 목조 주택을 올려다보며 외쳤다. 외벽 전체가 짙은 갈색빛이었다. 숲에 둘러싸인 채 우뚝 서 있는 모습이 마치 한 그루의 나무처럼 보였다. 나는 무언가에 이끌리듯 수현을 앞질러 걸어갔다. 낮은 돌담을 따라 자갈이 깔린 진입로가 현관까지 이어졌다. 군데군데 고인 빗물과 어지럽게 흩어진 나뭇잎이 관리인의 부재를 말해주었다. 정원 한가운데에 솟아 있는 느티나무는 한눈에 담을 수 없을 만큼 컸고 지붕을 반쯤 덮는 그늘을 만들어냈다. 빗방울이 맺힌 나뭇잎들이 햇살을 받아 반짝였다.

"실비, 실리! 이제 안으로 들어갈 거야."

현관문 앞에서 열쇠를 확인하고 있는데 수현이 아이들을 향해 소리쳤다.

문이 열리자 아이들이 웃으며 달려왔다.

"열렸다."

실비와 실리가 동시에 말했다.

80년이 넘은 건물이라 여기저기 목재가 썩고 뒤틀린 곳이 눈에 띄었다. 그럼에도 골조는 멀쩡해서 예전 그대로의 기초를 유지하고 있었다. 부분적으로 수리만 하면 사는 데 지장은 없을 것 같았다. 원목 마루 위를 걷는 느낌은 콘크리트 위 장판을 밟을 때와는 확연히 달랐다. 내

몸의 무게가 오롯이 느껴졌다. 길게 이어진 복도를 따라가자 화장실과 주방이 나왔고 그 끝에 응접실이 있었다. 현대적이라고는 할 수 없지만 그대로 사용해도 될 만큼 구색을 갖추고 있었다. 수현은 주방을 지나 반쯤 열려 있던 미닫이문을 활짝 젖히고 안으로 들어섰다.

"여기가 제일 큰 방인가?"

"응." 나는 뒤따르며 짧게 대꾸하고 방 안을 둘러보았다. 오래된 책상 하나가 벽면을 마주한 채 덩그러니 놓여 있었다. 짙은 밤색의 마호가니 책상이었다.

"여기가 응접실이고…… 이런 걸 다다미방이라고 하지 않나?"

수현이 주방과 응접실 사이에 있는 지주支柱를 붙잡은 채 말했다.

"그런가. 남향이라고 했는데…… 좀 추운 것도 같고."

나도 모르게 팔짱을 끼며 말했다.

"추워?"

"아니. 왜?"

"떠는 거 같아서."

나는 그제야 내가 한기를 느끼고 있다는 걸 깨달았다.

"좀 축축하지 않아?"

"글쎄."

수현은 나를 지나치며 벽을 손바닥으로 짚었다. 방에 딸린 붙박이장에는 이불 한 채가 접혀 있고 물건이 몇 개 남아 있었다. 주로 옷과 가방, 녹슨 액세서리였다.

"아악!"

실리의 비명 소리가 들렸다. 복도 쪽이었다. 수현과 나는 황급히 실리에게 달려갔다.

"거미! 거미!"

실리가 복도 끝에 서 있는 실비를 가리키며 소리쳤다. 실비의 어깨 위에 손톱만 한 몸통을 지닌 거미가 올라앉아 있었다. 수현이 다가가자 거미는 거꾸로 미끄러지듯 재빠르게 위로 올라가 버렸다. 천장 곳곳에 넓은 거미줄이 보였지만 어두워서 자세히 들여다볼 수 없었다. 나는 휴대전화 손전등을 켜고 천장을 비추었다. 대들보를 가로지르는 경사면에 거미집이 보였다. 가운데에는 먹으로 새긴 글자가 선명하게 남아 있었다. 뒤는 '16'이라는 숫자였는데 그 앞에 적힌 한자 두 글자는 낯설었다.

"괜찮아, 이제." 수현이 실비의 어깨를 손바닥으로 툭

툭 털어낸 뒤 천장을 보며 나직하게 말했다. "등을 좀 달아야겠다."

"이런 데 살면 벌레가 많을 텐데. 너희 괜찮겠어?" 내가 말했다.

"친구 하면 되지."

"아까는 소리 질렀잖아."

"처음부터 친하게 지낼 수는 없어, 엄마."

수현은 실비의 대답이 끝나자마자 아이의 손을 다시 잡았다. 세 사람은 다른 방과 응접실을 차례로 둘러보았다. 그사이 나는 주방을 살폈다. 싱크대는 수리가 필요해 보였다.

"2층에 올라갈 사람?"

내가 현관 맞은편에 있는 나선형 계단 아래에서 말했다. 실비와 실리가 손을 든 채 뛰어왔다. 수현도 그 뒤를 따랐다. 계단을 올라가자 좁은 복도가 나왔다. 복도 끝에 큰 방이 있고 그 방과 계단 사이에 작은 방이 있었다. 천장은 1층보다 낮았지만 더 아늑해 보였다. 실비와 실리가 눈을 반짝였다. 작은 방에 들어서면 정원 뒤편 수풀이 훤히 내려다보이는 자그마한 창이 눈에 띄었다. 열 수 없는

채광용 창이었다. 다시 방을 나설 때 복도 창 너머로 작은 석등 여러 개가 마주 보였다.

"돌을 쌓아놨네?"

"웬 돌이지?"

실비와 실리, 그리고 수현이 차례로 1층으로 내려갔다. 발걸음에 맞춰 마룻바닥이 낮게 삐걱거렸다. 세 사람은 현관문을 열고 정원으로 나섰다. 나도 뒤따랐다. 계단은 여전히 몸을 비틀 듯 소리를 냈다. 나는 다른 곳보다 앞서 계단을 손봐야겠다고 계산하며 현관문을 열었다.

수현은 툇마루에 걸터앉은 채 마당을 뛰어다니는 실비와 실리를 지켜보고 있었다. 나는 숨을 고른 뒤 수현의 옆으로 다가갔다. 우리는 석등과 느티나무가 바라보이는 곳에 나란히 앉았다. 나는 수현에게 이곳에서 있었던 일을 다시 말하지 않았다. 일부러 숨기려는 건 아니었지만 어쨌든 나와는 관계없는 일이었다. 그 여름의 사건은 내게 오랫동안 악몽으로 남았다. 하지만 막상 이 집에 다시 와보니 묘한 안도감이 들었다. 집은 내가 돌아오길 기다렸을까?

어린 시절의 기억이라는 건 제멋대로 왜곡되거나 과장

되기 일쑤다. 그냥 편하게 생각해. 좋은 기회일지도 모르잖아. 현성의 말이 맞았다. 지금 사는 집의 전세금과 이 집의 관리 용도로 증여된 돈을 합치면 대출금을 모두 갚을 수 있다. 남은 돈으로 한동안 실비의 병원비도 감당할 수 있을 것이다. 이제야 보상을 받는다고 생각했다. 흐릿하고 지겨운 기억은 어린 시절의 악몽일 뿐이었다. 이곳이야말로 우리 가족이 건강하고 평화로운 삶을 영위할 최적의 장소였다.

옆에서 수현이 숨을 깊이 들이쉬었다. 그러더니 내 손을 잡아끌었다. 따뜻했다. 어느새 땅거미가 지고 있었다. 실비와 실리를 불러 차에 태웠다. 아이들은 벌써 이곳에 적응한 것처럼 들떠 있었다. 언제 이사를 오느냐고 번갈아 물었다. 수현이 아직 결정된 건 아니라고 말하며 아이들을 진정시켰다. 아이들은 차에 타자마자 잠이 들었다. 청림호를 빙 돌아 나가는 길, 노을빛이 수면 위에서 미끄러지다 차창을 타고 안으로 스며들었다.

1945

나오

아침 8시면 엄마의 위패를 모신 불단에 햇살이 들었다. 등교하기 전 그 빛을 지켜보며 매일같이 엄마를 떠올렸다. 햇살처럼 집 안 곳곳에 엄마의 흔적이 닿지 않은 곳이 없었다. 엄마가 떠난 자리에 남은 아빠와 나, 우리 두 사람은 대화랄 게 거의 없었다. 엄마가 살아 있을 때도 아빠는 원체 말이 없었다. 아빠의 관심은 오로지 설계 도면에 붙들려 있었다. 그래도 아빠는 내가 고등학교를 졸업할 때까지 한 번도 빠짐없이 저녁 식사를 준비했다. 모든 음식을 손수 마련하진 않았지만 계란말이만큼은 아빠의 솜씨였는데 아빠가 만든 계란말이는 폭과 너비가 항상 일정했다. 몇 번의 예외를 제외하고는 그렇게 준비한 저녁 식사 자리도 고요히 음식을 씹는 소리만 오고 갈 따름이었다. 조용한 저녁을 보내고 나면 꿈을 꿨다. 꿈속에 나타난 엄마는 무표정한 얼굴로 차가운 방 안을 맴돌았다. 손을 뻗어 엄마를 부르려 했지만, 닿지 않았다. 목소리도 나오지 않았다. 엄마는 끝내 돌아보지 않았다.

왜 사라지고 나서야 그리워지는 걸까. 나는 연도를 알수 없는, 어느 여름 집 담벼락 앞에서 찍은 엄마의 독사진을 가지고 다녔다. 학교나 거리에서 종종 그 사진을 꺼내 봤다. 엄마와 나누었던 일상적인 대화를 떠올리고 나면 서서히 학업에 집중할 수 있었다. 엄마의 성실함을 되새기며 뭐든 해야 하지 않겠냐고 생각했던 것이다.

대학 입시를 앞두고 의대에 진학하는 게 어떻겠냐고 아빠가 말했다. 아무래도 나는 네가 사람을 살리는 일을 했으면 좋겠구나. 아빠는 학교에서 돌아온 나를 불러 세운 뒤 오랜 침묵 끝에 한마디를 보탰다. 나는 아빠가 말하는 사람이 엄마라는 걸 알았다. 네가 누군가를 살리게 된다면 그건 엄마를 살리는 일이기도 해. 이 말을 하고 싶었던 걸까. 그 한마디, 살린다는 말은, 오히려 나를 살아가게 했다.

아빠는 퇴근 후에 가장 먼저 불단 앞에 앉아 향을 피우고 기도를 올렸다. 가늘게 연기가 피어오를 때마다 엄마가 아직 이 집에 머무는 것 같았다. 아빠는 그 어느 곳에서보다 불단 앞에서 많은 말을 했다. 아빠가 엄마와 대화하는 걸 들은 적이 있다. 기도가 아니라, 분명 대화였다. 당연히 엄마의 목소리는 들리지 않았지만, 아빠는 대답하고 되묻기를 반복했다. 아빠의 모습이 낯설게 느껴졌다. 엄마가 원인 모를 병으로 죽어갈 때 아빠는 의사의 말에 순응하는 것처럼 보였기 때문이다. 갑작스러운 병을 운명처럼 받아들이는 아빠의 태도를 어린 나는 이해하지 못했다. 아빠는 모든 것이 규칙의 일부라는 듯 비가 내리면 맞고 땅이 흔들리면 휘청이는 사람이었다.

아빠는 나와 식탁에 마주 앉아 있을 때면 비어 있는 자리를 응시하곤 했다. 거기 그러고 있지 말고 이리 와서 앉는 게 어떻겠느냐고, 허공을 향해 말하고 싶어 하는 것 같았다. 방 안이 침묵으로 가득 찬 날이면 나는 언젠가 꿈속에서 이상한 형체를 보고 울면서 깨어난 날 엄마가 해준 귀신 이야기를 떠올렸다. 당시 엄마는 울먹이는 나를 달래지 않았다. 오히려 그 반대였다.

"엄마가 살던 조선에서는 어제가 귀신날이었는데, 여기까지 오느라 늦었나 보네. 먼 길이었을 거야. 아니면, 이 땅에서 억울하게 죽은 조선인이 갈 곳이 없어 찾아왔나? 귀신은 말이지, 작고 약하고 상처받은 이들이야. 그래서 안쓰럽지. 무서울 거 없어. 손조차 닿지 않잖아. 얼마나 연약해."

엄마는 내 손을 감싸고 기도했다. 꼭 그날이 아니더라도 내 기억 속 엄마의 기도는 언제나 내게 사랑과 평화가 깃들길 바라며 끝이 났다. 기도가 이어지는 와중에 잠들 때가 많았지만, 나는 그 귀한 걸 받았다. 분명히 느낄 수 있었다.

1938년, 나는 오사카제국대학 의학부에 입학했다. 교토를 벗어난 건 처음이었다. 오사카는 교토보다 빠르게 움직였다. 사람들이 길 위를 걷는 게 아니라 내달리는 듯했다. 커다란 간판들, 어깨가 닿을 만큼 빽빽한 전차 안, 신문과 책 속에 붙박인 얼굴들. 도시는 냉담했고 나는 그

차가움이 모두를 향한다는 점에 때론 안도했다. 4월, 벚꽃이 막 피기 시작한 교정에 첫걸음을 들였다. 가슴속이 조용히 요동쳤다. 복잡한 거리와는 달리 캠퍼스 안은 고요했다. 벽돌로 지어진 본관 건물은 중앙의 계단식 광장을 마주 보고 있는 반면 의학부 건물은 비교적 한적한 뒤편에 자리해 있었다.

첫 수업은 해부학 개론이었다. 강단에 선 마에다 교수는 독일 유학을 마치고 돌아온 외과의였다. 칼라를 빳빳하게 세운 흰 와이셔츠에 스리버튼 정장을 입은 그는 잘 다듬은 콧수염을 지니고 있었다.

"해부는 각각의 인체 기능을 이해해야만 의미를 지닙니다." 교단에 올라선 교수는 흰 장갑을 낀 채 두개골 석고 모형을 손에 들었다. "이것이 인간의 두개골이죠. 여기, 지기 두개골을 본 사람 있나?"

교수가 근엄한 표정으로 농담을 던졌지만 나를 비롯한 학생들은 아무도 웃지 않았다. 교수는 흰 장갑을 벗고 분필을 들어 칠판에 무언가를 적기 시작했다. 일본어와 독일어가 뒤섞인 글씨에는 인체 주요 기관의 명칭과 기능이 나열돼 있었고 간간이 우생학優生學이란 단어가 등장했다.

"최근 연구에 따르면, 조선인은 평균적으로 이 두개골 용적이 작고 전두엽 발달이 일본인보다 뒤떨어져 있다는 보고가 있습니다. 이는 오랜 세월 동안 문명화가 더딘 환경에서 살아옴으로써 비롯된 결과지요."

순간 강의실의 공기가 얼어붙었다. 손끝이 떨렸지만 나는 펜을 놓지 않았다.

"교수님." 결국 나는 손을 들고 말했다. 내 목소리는 생각보다 또렷했다. "그 연구가 어떤 표본을 대상으로 했는지 여쭤도 되겠습니까? 조선 전역에서 수천 명을 대상으로 한 것입니까, 아니면 특정 지역 사례입니까?"

마에다 교수가 눈살을 찌푸렸다. "학문은 감정이 아니라 통계와 과학으로 말하는 법입니다."

"교수님 말씀이 맞습니다. 저는 통계를 묻는 겁니다. 의학은 사람을 나누고 서열을 매기는 도구가 아니죠."

강의실 안에서 웅성거림이 일었다. 몇몇 학생들이 힐끔거렸고 누군가는 기침을 했다. 알고 있었다. 이중 조선인 학생은 내가 유일했다. 마에다 교수는 잠시 나를 노려보더니 분필을 내려놓았다.

"자네가 오카다 나오 양이군. 자네의 이번 학기 연구 논문은 그걸로 하지. ……자, 계속하겠습니다. 여길 볼까? 심장의 수축은 무엇에 의해 조절되는가."

마에다 교수는 콧수염을 매만지더니 해부도를 가리키고 강의를 이어갔다. 나는 한동안 해부학 도감을 펼칠 때마다 그날의 웅성거림을 들어야 했다. 하지만 시간이 지나고 공부해야 할 영역이 깊고 방대해짐에 따라 첫 수업에서 느꼈던 분노도 차츰 가라앉았다. 하숙집 책상 위에는 해부학 서적을 비롯해 생리학 원론, 유기화학 서적이 차곡차곡 쌓여갔다. 나는 매일 밤 심장을 그렸다. 좌심방, 우심실, 대동맥…… 인간을 살아 있게 만드는 그 정교한 장치를 이해하기까지는 긴 시간이 필요했다.

그러던 어느 날, 한 남자에 대해 알게 되면서 심장의 작동 원리를 체감했다. 니시무라 고다로는 나와 동급생으로 평소 인사만 하고 지내는 사이였다. 긴 대화를 나누게 된 건 1학기 기말고사를 마치고 들른 타마츠쿠리성당에서였다. 고타로가 앞자리에 앉은 나를 알아봤고, 미사가 끝난 뒤 성당 앞에서 기다리고 있었던 것이다. 나는 한 무리의 사람들이 빠져나가는 모습을 지켜보다가 천천히 걸어 나왔다. 문 앞에 누군가 서 있었지만 햇살에 눈이 부셔 알아볼 수 없었다. 고타로가 손을 들어 알은체했다. 나는 걸음을 멈추며 놀란 기색을 지웠다.

"뭐야, 놀라지도 않네. 알고 있었어?"

"니시무라 맞지?"

유난히 얼굴이 하얘 기억하고 있었다. 첫 해부학 수업에서 내 앞에 앉아 있었는데, 내가 손을 들기도 전에 몸을 뒤척이며 불편해하던 모습이 기억났다. 그리고 첫 생리학 실험에서 개구리를 해부할 때 여러 번 구역질을 하고 종국에는 딸꾹질까지 한 사람, 그가 바로 고타로였다.

"난 오늘 처음 와봤어."

고타로가 말했다.

"동급생 중에 가톨릭 신자는 나 혼자인 줄 알았는데."

"그래, 아까 보니까 열심히 기도하더라."

"나도 뭐, 대단한 믿음이 있는 건 아니야." 결국 인간이 만들어낸 거잖아. 나는 그 말을 덧붙이려다 속으로 삼켰다. "근데 여긴 어쩐 일이야?"

"흥미가 생겼거든."

고타로와 나는 학교까지 걸으며 숨 가쁘게 지나간 1학

기를 회고했다. 어제 친 해부학 시험의 답안을 견주어 보기도 했다. 고타로가 마에다 교수와의 문제는 잘 해결되었는지 물었다. 그건 마에다 교수의 문제만은 아니었지만 대화의 주제로 삼고 싶지 않았다.

"논문은 잘 제출했어. 그보다는 생물학이랑 독일어가 문제라니까. 너는 어때?"

이번에는 내가 먼저 물었다.

"인간의 마음을 연구하고 싶어."

나는 엉뚱한 답을 내놓는 고타로를 쳐다보았다. 처음에는 내 말을 제대로 듣지 않는 건가 싶었지만 곧 한두 단계 건너뛰고 말하는 버릇이 있다는 걸 알게 되었다. 생각이 빠르거나 자기중심적이거나. 어느 쪽이든 맥락을 이해할 수 있으면 그만이라고 생각했다.

"나는 아직 전공을 못 정했어. 그냥 사람을 살리는 일을 하고 싶을 뿐이야."

애초에 의대에 진학한 것도 아빠의 말 때문이었다. 사람을 살리는 일을 했으면 좋겠다는 그 말은 쉽게 잊히지 않았다.

"나도 그래. 세 살 위 형이 있었는데, 원인 모를 피부병에 시달리다가 스스로 목숨을 끊었거든."

"언제?"

"내가 중학교에 막 입학했을 때." 고타로는 손을 허리 쯤에 올리고 그 시절의 자신이 얼마나 작았는지 보여주려 했다. "이만할 때였는데. 그때 형을 죽인 건 피부 질환이라기보다 그냥, 마음이라는 생각이 들더라고. 형은 그렇게 생각하지 않겠지만 말이야."

결국 마음이 사람을 죽인다. 나는 어린 시절 고타로를 사로잡았던 명제를 곱씹으며 걸었다. 고타로와 나는 같은 목표를 가지고 있었다. 둘 다 사랑하는 사람을 살리고 싶어 했다.

성당 앞에서의 만남은 우연이 아니었다. 두 번째 만남에서 고타로가 털어놓았다. 사실 나를 만나려고 그날 모든 미사에 참석했다고, 성당에 나간 건 어린 시절 이후로 10년 만이었다고 했다. 그렇게 첫 만남은 의도된 것이었지만 우리가 같이 있는 건 자연스러웠다. 서로를 잘 알기 전부터 대화가 이어졌다. 고타로는 내가 말을 끝맺기도 전에 의미를 이해하는 사람이었다. 혼자 있을 때도 고타로의 생각이 궁금해졌다. 그럴 때마다 심장이 제멋대로 수축하고 이완했다.

그 시절 고타로는 늘 수첩을 들고 다니며 무언가를 적었다. 성경 책 위에 손을 올리고 신약성서의 한 구절을 외우는 버릇이 있었다. 사람들과 교류하는 걸 피하진 않았지만 필요 이상 어울리지 않았다. 나와 있을 때도 길게 말하지 않았다. 그랬기에 그와의 대화는 말보다는 상대를 이해하려는 과정에 가까웠고, 그 이해는 편안함과 긴장감을 동시에 가져다주었다. 그해 겨울 고타로의 생일을 맞이해 나는 해부실을 청소해서 번 돈 가운데 일부를 그에게 줄 회중시계를 사는 데 썼다. 제법 큰돈이었으나 하나도 아깝지 않았다. 선물을 받은 고타로는 붉어진 얼굴로 고마움을 표시했다. 그 뒤로 고타로는 가만히 서서 시계를 들여다볼 때가 많았다. 그런 고타로를 먼발치에서 지켜보다가 뛰어가서 주의를 준 적도 있었다.

"그렇게 갑자기 멈춰 서면 위험해, 고타로. 시계는 저기도 있잖아."

내가 도서관의 시계탑을 가리키며 말하자 고타로가 답했다. "여기엔 시간만 있는 게 아니니까."

마음은 계속 움직였다. 고타로와 나는 일요일 오전에

의과대학 앞에서 만나 성당을 오갔고 가끔은 서로의 하숙집을 찾았다.

"남자의 몸은 확실히 다르구나."

깊은 밤, 나는 램프 불빛에 의지해 고타로의 벗은 몸을 천천히 관찰하며 말했다. 돌아오는 건 대답 대신 프로포즈였다. 졸업하던 해 우리는 결혼을 약속한 사이가 되었다. 전차로 따지면 예정된 경로라고나 할까. 그렇지만 종착지는 예견할 수 없었다.

견습생으로 일하던 병원 앞에서 고타로의 부모를 만났을 때 나는 고타로와 나눴던 대화들을 떠올렸다. 상대를 이해하려고 애썼던 시간이 되풀이되리라는 짐작과는 달리 그 자리에 그런 편안함과 긴장감은 없었다. 고타로의 부모는 내 모친이 조선인이라는 걸, 내게 조선인의 피가 흐른다는 걸 알게 된 순간부터 나와 눈을 맞추지 않았다. 내게 질문할 때도 내가 아닌 고타로에게 했다. 간혹 어떤 질문 뒤에는 고타로를 향해 꾸짖는 듯한 눈빛을 지어 보였다. 내 존재는 유령처럼 점점 희미해져 갔다.

며칠 뒤, 고타로는 아무 일도 없었다는 듯 병원 앞에 나타나 육군군의학교 지원 소식을 전했다. 장교로 복무하면 머지않아 만주로 떠날지도 모른다고 했다.

"실은 입학하면서부터 계획하고 있던 거야. 전쟁만큼 인간의 내면을 참혹하게 만드는 건 없으니까."

나는 찻잔을 두 손으로 감싸고 차갑게 식은 우롱차를 바라보았다. 혀끝에 쓴맛이 감돌았다. 나를 참혹하게 만드는 건 그라는 사실을 입 밖으로 꺼내거나 인정하고 싶지 않았다. 다만 고타로의 잘못을 제대로 짚고 넘어가고 싶었다.

"그래, 거기 가면 조선인이든 중국인이든 고통받는 사람들의 마음을 연구할 수 있겠지. 넌 내 마음도 들여다보지 못하지만. 의사라는 직업이 그렇잖아. 정작 자신이나 주변 사람들이 아픈 건 보지 못하면서 사람들을 고치겠다고 나서니까. 그곳에서 한 번쯤은 네 마음을 들여다봐. 그럼 내가 왜 이렇게 말했는지 조금은 알 수 있을 거야."

"나오."

고타로가 나를 향해 손을 뻗었지만 나는 그 손을 뿌리쳤다. 그대로 자리를 박차고 일어선 뒤 뒤돌아보지 않고 환자들이 기다리고 있는 병동으로 돌아갔다. 진짜 도망치는 사람은 고타로인데, 왜 내가 돌아서야 하는 걸까. 사람을 죽이는 게 마음이라고? 아니야, 고타로. 전쟁 그 자체라고.

이듬해 2년간의 견습 과정을 마치자마자 나는 경성으로 향했다. 오사카로 올 때 이미 경성으로 떠날 계획을 세웠고, 마에다 교수의 수업을 들으면서 계획은 구체화되고 단단해졌다. 아빠가 엄마도 기뻐할 거라고 말했다.

얼마 지나지 않아 고타로가 육군군의학교에 복무하게 되었다는 소식을 들었다. 중일전쟁이 한창이었으니 고타로의 만주행은 정해진 수순이었다. 하지만 마음만큼은 예상대로 흘러가지 않았다. 나는 고타로와 함께 맞춘 묵주를 끝내 버리지 못했다. 조선으로 향하는 배편에서 먼 바다를 보며 고타로의 안녕을 기원했다. 시간은 미움을 가라앉혔고 마주 앉아 공부했던 기억, 무언가를 같이 이루었던 순간, 함께 맞았던 햇살을 더 선명하게 만들었다. 그것도 마음의 일이었다. 사랑은 단숨에 지울 수도, 마음대로 살릴 수도 없다는 걸 그제야 깨달았다.

2025

수현

 아이들은 이불을 턱끝까지 끌어 올리고 이야기가 시작되길 기다렸다. 나는 스탠드 조도를 낮추고 엎드린 채 책을 읽었다. 길 잃은 아이가 깊은 숲속으로 들어서고 징검다리가 놓인 작은 개울을 건너자 동물 친구들이 하나둘 인사를 건넸다.
 "너구리?"
 "두더지?"
 실비와 실리는 새로운 등장인물이 나타날 때마다 호기심을 보였다. 길 잃은 아이는 동물들의 고민을 들어주고 하나씩 해결하며 앞으로 나아갔다. 그늘에 앉아 한숨 돌리던 아이가 잠든 순간 실비와 실리도 나란히 잠이 들었다. 평소 실비와 실리는 이야기가 깊어갈수록 숨을 죽였고 결말에 이르기 전 어느새 한 명은 잠들어 있었다. 먼저 잠든 아이가 눈꺼풀을 잡아당기듯 깨어 있던 아이도 스르르 잠들었다. 신기한 건 이야기가 끝나기 전에 잠들었던 아이가 결말을 빠짐없이 기억한다는 점이었다.

"다 들었어, 엄마. 다 기억나."

이번에는 동시에 잠이 들었으니 내일은 숲속에서 시작해야 했다. 숲속에는 누가 있을까. 조용히 책장을 덮고 천천히 몸을 일으켰다.

실비는 실리를 닮았고, 실리는 실비를 닮았다. 실비가 아프기 전에는 그만큼 둘을 구분하기 어려웠다. 하지만 지금은 아니었다. 실비의 머리카락이 훨씬 더 짧았다. 석 달 전까지 이어진 항암 치료 때문이었다. 나는 실비의 동그란 머리통을 쓰다듬으며 아이들이 잠든 모습을 지켜봤다. 청림으로 온 후 실비의 몸 상태가 부쩍 나아졌다. 덩달아 실리의 기분도 좋아졌다. 이 평온이 지속될 수 있을까. 그러기를 바라며 선 채로 눈을 감고 기도한 뒤 성호를 그었다. 성부와 성자와 성령의 이름으로 아멘. 등 뒤에서 서늘한 바람과 함께 목소리가 들려왔다. '오른쪽 아니고 왼쪽! 왼쪽이 먼저라니까!' 아이들 앞에서 성호를 그을 때면 원장 수녀님의 목소리가 들리곤 했다. 이사를 오고 나서부터 그 목소리는 더욱 생생해졌다. 사방이 고요해서일까. 나는 닫힌 창문을 바라봤다. 어둠이 내려앉은 창문에 잠든 실비와 실리가 담겨 있었다.

아이들 방문을 닫고 나올 때 맞은편 창 너머로 비 그친 밤하늘과 나무 위에 걸린 달빛이 눈에 들어왔다. 밤기온은 아직 낮았다. 이곳에서 밤은 한 걸음 일찍 찾아왔고 어둠은 한 계단 더 깊게 내려앉았다. 침실 문을 열자 침대 가운데에서 소리 없이 잠든 규호가 보였다. 저녁 10시 10분. 협탁 위 탁상시계에 새겨진 숫자를 확인한 뒤 1층으로 내려갔다. 나신형 계단에서 불빛이 차례로 켜졌다 꺼졌다. 그림자가 한 걸음씩 따라붙었다. 아이들이 계단을 내려가면 불빛은 한 박자 늦게 켜지거나 아예 켜지지 않았다. 머리 위로 팔을 휘저으며 걷는 모습이 귀여웠다. 2층에 있는 아이들 방에서 1층에 있는 화장실에 가려면 계단을 내려와야 했는데, 계단에 설치한 센서 등이 말썽이었다. 혼자 가면 불이 안 들어오는데, 우리 둘이 가면 불이 들어와. 아침 식탁에서 실비가 한밤중에 둘이서 화장실에 다녀온 이야기를 했다. 한동안 둘만의 모험담이 이어졌다.

"무섭지 않았어?"

"응. 아무도 없던데?"

"그래도 무서우면 엄마를 깨워. 알았지?"

실비를 따라 실리도 고개를 끄덕였다. 아이들이 부쩍 컸다는 걸 실감했다. 어쩌면 이 집에 더 빠르게 적응하는 건 아이들일지 몰랐다. 그러나 두 아이는 거짓말을 하고 있었다.

나는 지난밤 동틀 무렵에야 잠이 들었다. 그런데도 실비와 실리가 화장실에 다녀오는 소리는 듣지 못했다. 아이들은 종종 거짓말을 했다. 그건 자연스러운 성장 과정이며, 위험하거나 피해를 주지 않는다면 따져 묻지 말아야 한다는 걸 알았다. 어젯밤 책 속에서 길을 잃은 아이처럼 둘 다 꿈속을 헤맸는지도 몰랐다.

"그랬어? 대단하네!"

나는 실비와 실리가 밥을 먹는 동안 아이들 방으로 갔

다. 침대보를 만져보고 냄새를 맡았다. 다행히 침대는 젖어 있지 않았다. 고개를 들자 머리맡에 무엇인가 어른거렸다. 가끔 매트리스 사이로 장난감이나 책이 빠지곤 했다. 나는 그 틈으로 손을 집어넣었다. 순간, 서늘하고 축축한 뭔가가 만져졌다. 마치 피부처럼 말랑한 감촉이었다. 황급히 손을 뺐다. 이불을 들추고 아무것도 없는 걸 확인했다. 비어 있는 침대보에 다시 손을 가져다 댔다. 실비와 실리의 온기가 여전히 남아 있었다. 그런 뒤 침대를 짚고 일어서려는데 이불과 매트리스 사이에서 무언가 튀어나와 손목을 잡아끌었다. 나는 필사적으로 몸 쪽으로 팔을 당긴 끝에 그것을 뿌리칠 수 있었다. 숨을 몰아쉬며 손목을 확인할 때까지만 해도 빨갛게 도드라졌던 자국은 호흡이 정상으로 돌아오자 사라져 버렸다. 이불을 들춰보고 침대보를 훑어봤지만 아무것도 없었다. 주변을 둘러봐도 마찬가지였다. 하루가 지났지만 어찌 된 영문인지 알 길이 없었다. 착각이라고 생각하기엔 그 악력이 너무나 생생했다.

창을 통과한 달빛이 실내를 비스듬히 비추었다. 나는 계단을 내려가 응접실로 향했다. 책상에 앉은 뒤 휴대전화에서 홈 카메라 앱을 작동시켜 아이들의 모습을 살폈다. 검푸른 화면 속에 잠든 아이들의 모습이 보였다. 볼륨을 높이자 아이들의 숨소리에 백색소음이 섞여 들렸다. 앱을 켜둔 채 볼륨만 낮추고 책상에 내려놓았다. 낮 동안 읽던 《프랑켄슈타인》을 집어 들었다. 하지만 메리 셸리의 문장 대신 집이 내는 소리들이 먼저 읽혔다.

청림으로 이사 온 지 일주일이 지났다. 도시에서는 자동차 경적 소리와 다세대주택의 생활 소음 때문에 한밤중에도 작게 음악을 틀어놓았지만 이사 온 뒤로는 그럴 필요가 없었다. 풀벌레의 가느다란 울음, 바람에 흔들리는 나뭇가지, 인근 습지에서 들려오는 소리, 어두운 풀숲을 오가는 새의 날갯짓까지. 청림의 밤은 온갖 소리들이 뒤섞였지만 서로 화음을 이루었고 이 집이 자연과 이어져 있음을 알게 해줬다. 낮 동안 비가 내린 터라 개구리와 두꺼비 울음소리가 유난히 크게 들렸다. 실라는 소리만으로도 개구리와 두꺼비, 맹꽁이를 구분했다.

"정말 모르겠어? 틀리잖아, 엄마."

그래, 아이들이 가장 잘하는 건 틀린 그림 찾기였다. 그런데 그건 틀린 게 아니라 다른 거야. 다른 존재인 거지. 나는 아이들에게 그걸 가르치고 싶었다.

소설 속 괴물이 깨어날 무렵, 창문을 두드리던 비가 그쳤다. 낮에 현관문 처마에서 물이 샜다. 아래에서 손전등 불빛을 비추니 처마 안쪽의 목재가 흠뻑 젖어 있고 그곳으로 스며든 빗방울이 금속 지지대를 타고 똑똑 떨어지고 있었다. 임시 창고로 사용하는 계단 아래 방에서 규호가 방수포와 사다리를 가져왔다. 나는 규호에게 우의를 건넸다. 규호가 우의를 입고 사다리를 펼치는 동안 방수포를 처마 크기에 맞게 잘랐다. 사다리 위에서 방수포를 건네받은 규호는 손을 뻗어 위치를 잡고 구겨지지 않게 펼쳤다. 네 귀퉁이가 아슬아슬하게 들어맞았다. 규호가 마지막 모서리를 펼쳐 고정하자, 빗물이 똑 떨어졌다. 그걸로 끝이었다.

칭림에서는 둘이 힘을 합쳐 해결해야 하는 일이 많았다. 도심 다세대주택에서는 경험하지 못한 일이었다. 혼자보다는 둘의 힘으로 해결하는 일이 하나씩 늘어나면서 작은 기대가 싹트기 시작했다. 규호와의 관계를 완전히 회복하진 못하더라도 작은 실마리를 얻을 수 있으리라는 희망이었다. 변화. 희망. 이전보다 나아지는 것. 그게 청림으로 온 이유였다.

규호와 내가 함께 만들어낸 것 중 스스로 빛을 내는 건 실비와 실리뿐이었다. 때로는 그것만으로 충분했다. 아이들이 걷고 말하고 생각을 길러가는 걸 지켜보는 일만으로도 삶의 필수 조건은 채워졌으니까. 하지만 내가 꿈꾼 건 그것만이 아니었다. 한집에 사는 일은 훨씬 더 파편화된 일로 구성되어 있어 섬세한 조절과 균형이 필요했다. 이미 규호와 함께한 많은 시간들이 금이 가고 뒤틀린 채 고여 있었다. 그 어긋난 시간이야말로 다른 게 아니라 틀린 거였다.

청림으로 이사할지 고민하면서 떠오른 질문들. 우리가 달라질 수 있을까. 이곳에 온 뒤 같이 집을 가꾸고 돌보면서 우리는 변화의 조짐을 느꼈다. 하지만 지금 규호는 긴 휴가 중이었다. 휴가를 마치고 다시 출근하면 금방 예전으로 돌아갈지도 모를 일이었다. 규호가 3교대 근무로 돌아가면 이 집도 내 몫으로 남겨질 터였다. 규호는 그걸 당연하다고 생각했다. 교정직 공무원인 규호는 청림교도소로 근무지를 옮겼다. 중범죄자들이 수용된 곳이어서인지 이전移轉 신청이 빠르게 처리되었다. 얼마 전, 아내와 두 아이를 살해하고 사형선고를 받은 남자도 이감되었다는 소식을 듣고 걱정하자 규호는 장기수 비율이 높을 뿐이라고 말했다. 지난 근무지에서 불미스러운 일이 있었기에 염려되는 마음이 컸다.

규호는 위원회의 결정을 쉽사리 받아들이지 못했다. 위원회가 재소자 편을 들어주었다고 여겼다. 재소자 하나가 살려달라고 소리쳐서 동료 교도관에게 지원을 요청하고 홀로 수감실로 들어가 CPR을 실시하던 중 소동이 있었다. 그 과정에서 재소자가 중상을 입었다. 문제는 규호와 재소자의 주장이 엇갈렸다는 데 있었다. 자고 있는데 다짜고짜 들어와서 가슴을 압박하며 죽이려 했다는 게 갈비뼈가 골절된 재소자의 주장이었다. CCTV에 다 찍히지 않았느냐는 내 질문에 규호는 묵묵히 고개만 저었다.

나로서도 규호의 말을 믿었다. 규호는 지시가 있기 전까지는 자기 자리에 머무는 사람이었기 때문이다. 실리가 소꿉놀이를 하다가 손가락을 베었을 때도 규호는 가만히 지켜보기만 했다. "뭐 하고 있어? 지혈해야지." 내가 방에서 달려 나오며 말하자 그제야 구급상자를 들고 오던 사람. 그러니 확실한 변화가 필요했다. 규호 자신에게도 이사와 전근이 변화의 계기가 되길 바랐다.

아이들을 비추던 홈 카메라 화면에 희끄무레한 것이 어른댔다. 눈을 돌리자 사라졌지만, 분명 화면 끄트머리를 스쳐 지나갔다. 볼륨을 높이자 아이들의 옅은 숨소리와 백색소음이 섞여 들렸다. 그 사이로 끼익거리는 소리가 껴들고 빛이 잠시 머물렀다 사라졌다. 계속 화면을 들여다보며 숨을 죽이고 귀를 기울였다. 그때 가라앉은 목소리가 들려왔다. 화면 밖이었다.

"여기 있었어? 왜 안 자고?"

응접실 문 앞에서 규호가 헛기침이 섞인 목소리로 말했다.

"자야지. 왜 깼어? 얼른 자."

나는 놀랐지만 내색하지 않았다. 애써 덤덤한 목소리로 규호의 그림자에 대고 답했다. 기면증이 재발한 걸지도 모른다고 생각했다.

"물 좀 마시려고."

규호가 문 너머로 사라진 뒤 주전자에서 물을 따르는 소리가 들렸다. 곧이어 그는 물잔 두 개를 들고 다가왔다.

어둠 속에서 빛으로 한 걸음씩 가까워졌다. 이내 스탠드가 비추는 반경 안으로 손이 들어와 물잔을 내려놓았다.

"몇 시 출근이지?"

"8시."

규호가 책상 맞은편 스툴에 앉으며 답했다.

규호와 나는 그곳에서 조금 더 대화를 나눴다. 출근 첫날에 준비할 것들. 청림호를 지나 청림교도소에 이르는 도로와 소요 시간. 작은 연립주택에 살 때와는 달리 말소리를 줄이지 않았다. 더는 아이들이 깨어날 것을 염려해 조심하지 않아도 됐다. 나는 시선을 옮겨 화면 속에서 뒤척이는 실비와 실리를 확인했다.

규호가 책상 위에 물잔을 올려두고 오른손 검지로 표면을 지그시 눌렀다.

"아직도 있네."

"집을 찾나 봐."

개미가. 나는 속으로 되뇌며 책상 위를 살폈다.

이사한 이튿날 줄지어 이동하는 개미 떼를 발견한 건 규호였다. 개미들은 대들보를 지탱하는 기둥 아래쪽 작은 옹이 틈새로 드나들고 있었다. 규호는 계단 난간을 수리했던 목수에게 전화를 걸었다. 그리고 흰개미가 아니니 걱정할 것 없다는 답변을 들었다.

"집 안 무너져요. 여태껏 어떻게 버텼겠어요."

수화기 너머로 목수의 말소리가 나에게까지 들렸다. 그는 대들보에 적힌 글자가 쇼와昭和 16년을 뜻한다고 알려준 사람이었다. 규호는 몇 가지를 더 묻더니 전화를 끊었다. 그러고는 창고에서 튜브형으로 된 벌레 퇴치제와 실리콘을 챙겨 왔다. 젤 타입의 액체를 옹이에 짜 넣은 뒤 실리콘으로 구멍을 막고 나무 무늬가 그려진 마스킹 테이프를 붙였다. 목수가 남겨두고 간 테이프였다. 순식간에 개미 행렬이 흐트러졌다. 규호가 문을 쓸어 개미 떼를 밖으로 날려버렸다.

"계단 아래 버섯이 있어."

"버섯?"

나는 여전히 홈 카메라 화면을 응시하며 대답했다.

"응. 저기."

규호가 스툴에서 일어나 복도 끝으로 다가갔다.

"볼래?"

이 집에서 규호는 자꾸 무언가를 발견했다. 뭔가를 찾

는 사람처럼 집과 정원을 수시로 탐색했으니까. 내색하지 않았지만 불안해 보였다. 내가 뭘 찾느냐고 물으면 아무것도 아니라고 답하고는 자리를 옮겼다. 대들보에 적힌 연호와 집 맞은편의 작은 샛길을 발견한 것도 규호였다. 버섯이라니. 다음은 뭘까? 이런 규호의 행동 때문인지 덩달아 실비와 실리도 보물찾기 놀이에 열중했다. 아이들의 박물관에 소장품이 점차 늘어났다.

"여기."

창고 문을 열어젖힌 규호가 접이식 의자를 옆으로 옮기더니 나무 바닥을 가리키며 말했다.

나는 규호가 있는 쪽으로 걸음을 옮겼다.

"등을 하나 더 달아야겠네."

사선으로 기운 천장에 달린 전등 불빛이 희미한 음영을 만들었다.

"비 오니까 엄청 습해. 제습기를 놓아야 하나. 버섯이 자랄 만하네, 여기."

나는 중얼거리며 쪼그려 앉아 버섯을 살폈다. 붉고 둥근 갓은 단단해 보였고, 표면에는 솜털이 부드럽게 퍼져 있었다. 선홍빛 갓 아래로는 희고 긴 줄기가 뻗어 있었다. 내가 만지려고 하자 규호가 팔을 내밀어 막아섰다.

"독이 있을지도 몰라."

붉은색 포자가 전등 불빛에 비쳤다 사라졌다. 재채기가 일었다.

"괜찮은 걸까?"

"먹지만 않으면 되지."

"애들이 발견하면 안 돼."

"아침에 잘라낼게."

규호가 말하며 몸을 일으켰다.

나는 규호의 손을 잡고 일어섰다. 아직 창고를 나서지도 않았는데 전등 불빛이 꺼졌다. 처음엔 눈이 감긴 줄 알았다. 손을 더듬어 보니 규호의 얼굴이 있었다. 뒤통수였다. 나는 규호의 팔을 잡고 돌려 입술에 키스했다. 입술 끝에 닿는 냉기가 낯설었다. 규호는 열이 많은 체질이었으니까.

창고를 나서면서도 입술은 떨어지지 않았다. 나는 두 손을 규호의 목에 감고 혀끝으로 규호의 치아를 훑었다. 온몸에 미열이 퍼졌다. 벌거벗은 채로 침대에 뒤엉킨 두 사람의 모습이 떠올랐다. 누굴까. 규호의 숨소리가 점점 거칠어졌다. 아니, 내 숨소리인가. 더 느끼고 싶어. 손으로 규호의 단단한 가슴을 더듬었다. 먹혀 들어간 숨결 사이로, 다시 끼익거리는 소리가 들렸다. 아이들을 확인해야 하는데. 고개를 돌리려 했지만 몸이 움직이지 않았다. 곁에서 규호가 뭐라고 소리쳤다. 키스하는 입과 말하는 입이 분리될 수 있나. 말소리가 뭉개져 알아들을 수 없었다. 숨이 막혔다.

눈이 떠졌다. 여전히 응접실 의자에 앉아 있었다. 규호는 보이지 않았다. 입안에는 미지근한 침이 고여 있었고, 책장은 알 수 없는 이유로 다시 서문으로 돌아가 있었다. **창조주여, 내가 부탁했나, 진흙에서 나를 빚어 인간으로 만들어 달라고? 내가 요청하던가, 암흑에서 날 이끌어 달라고?*** 자정이 막 지난 시각이었다. 내일을 위해 조금이라도 자두이야 했다. 나는 책갈피를 아무 데나 꽂아두고 일어섰다. 내일은 실비를 데리고 병원에 가는 날이었다.

---

* 소설 《프랑켄슈타인》의 제사題詞. 영국 시인 존 밀턴의 서사시 《실낙원》의 문장 인용.

1995

규호

  라디오에서 정오를 알리는 시보가 들렸다. 나는 창밖을 보는 척하며 도로를 응시하는 아빠의 옆모습을 물끄러미 바라보았다. 찌푸려진 미간은 출발할 때부터 지금까지 펴지지 않았다. 여느 때와 달리 아빠는 속도를 냈다. 날이 어두워지기 전에 병원에 돌아오려면 빨리 움직여야 한다고 했다. 덥고 습한 날이었다. 일주일 내내 쏟아지던 비는 이틀 전에 그쳤고 여전히 도로 위에는 빗물이 고여 있는 곳이 많았다. 나는 차창 밖으로 시선을 옮겼다. 그늘 지거나 도로가 움푹 파인 곳을 지날 때마다 튕겨 나가는 빗물을 지켜봤다. 운전석과 조수석 창은 반쯤 열려 있었고 그 사이로 바람이 세차게 들어왔다. 바람은 뒷좌석에 잠시 머물다 곧 빠져나갔다. 나는 자리에 앉아 바람을 맞았다. 비릿한 냄새가 바람을 타고 코끝에 스쳤다.

병원으로 출발할 때 엄마가 켜두었던 라디오가 여전히 흘러나오고 있었다. 소리가 너무 작아 귀로 듣는다기보다는 느껴졌다. 나는 엄마가 병원으로 향할 때 덮고 있던 담요를 무릎 위에 올려두고 눈을 감았다. 가스레인지 위에서 졸여지던 밥 냄새가 은은하게 배어 있었다. 지난 며칠 엄마가 먹은 미음을 떠올렸다. 묵묵히 숟가락을 들어 올리던 손, 창백한 낯빛, 애써 미소 짓던 얼굴이 떠올랐다. 엄마와 한 약속대로 울지 않았다. 나는 이제 5학년이 되었고 목소리도 조금씩 변하기 시작했다.

"엄마는 괜찮겠죠?"

"뭐라고?"

아빠는 운전석 창문을 올린 뒤 목소리를 높였다. 차가 내뱉는 진동과 도로 위 소음으로 안은 소란스러웠다. 풍경이 빠르게 지나쳤다.

"엄마요."

나는 조수석 등받이 쪽으로 고개를 기울여 다시 말했다. 목소리를 높이고 싶었지만 잘 되지 않았다.

"그래. 나아질 거야."

내가 다음 말을 덧붙이려고 할 때 아빠가 룸 미러를 슬쩍 쳐다본 뒤 말했다.

"엄마랑 같이 오실 거죠? 방학 끝나기 전에?"

"아빠가 너 버리고 도망이라도 갈까 봐?"

아빠의 말투엔 장난기가 섞여 있었다. 그 말에 담긴 서늘한 무언가에 늘 마음이 베이곤 했다. 이제는 무심한 척 넘길 수 있는 나이가 되었지만, 여전히 가슴 한구석이 내려앉는 건 어쩔 수 없었다.

"그냥 확인하는 거예요."

"아빠는 엄마 옆에 있을 거야. 의사 선생님이 허락한다면 엄마랑 같이 가야지. 엄마도 거기 호수를 좋아했거든." 아빠가 말했다. "사촌들이랑 놀다 보면 시간 가는 줄도 모를 거다. 더 있고 싶어도 돌아와야 해. 도착하면 뭐부터 해야 한다고 그랬지?"

"인사를 해야죠."

"또."

"그리고…… 사촌 형 말 잘 듣고."

아빠가 룸 미러로 나를 살피는 게 느껴졌다.

"할머니 장례식에서 만났던 거 기억하지?"

"별로요. 그땐 어렸잖아요."

"많이 컸을 거야. 규호, 너처럼."

청림호를 지나자 좁은 2차선 도로 끝에 그 집이 있었다. 철문 앞에서 벨을 누르고 문이 열리기를 기다렸다. 곧이어 버저가 울린 뒤 문이 열렸다. 아빠는 검정색 세단 뒤에 차를 세웠다. 차에서 내려 주변을 둘러보고 있는데 아빠의 이름을 부르는 소리가 들렸다. 현관문이 열리고 큰아버지네 가족이 하나둘 모습을 드러냈다. 큰아버지가 아빠와 심각한 표정으로 대화를 나누는 게 보였다.

"네가 규호구나? 뭐라고 불러야 하나. 그래, 큰엄마라고 불러."

큰엄마가 다가와 나를 향해 말했다.

"네."

나는 짧게 대답했다. 큰엄마는 따뜻한 미소를 지었지만, 그 뒤에 서 있는 사촌들, 현필과 현성은 굳은 표정으로 차 앞 풍경만 바라보고 있었다. 아빠가 다시 운전석

문을 열자 큰엄마가 반걸음 앞으로 나왔다.

"차라도 한 잔 마시고 가면 좋을 텐데."

"바로 병원에 가봐야 해서요. 오후에 애 엄마 진료가 있어요."

"일요일인데요?"

"그러게요. 검사가 있다네요."

큰엄마가 팔짱을 낀 채 고개를 끄덕였다.

아빠는 쪼그려 앉아 나를 끌어안고 뒤통수를 쓰다듬었다. 양손에 가방이 들려 있어서 나는 아빠를 안을 수 없었다.

나는 현성과 같은 방을 쓰게 되었다. 현성의 방에는 2층 침대가 놓여 있었다. 1층을 내가 썼다. 첫날밤, 침대에 누워 눈을 감았다가 방문이 잠기는 소리에 다시 눈을 떴다. 침대 옆 스탠드에 불이 켜지자 현성이 바짝 다가와 서 있었다. 나는 재빨리 상체를 일으켜 세웠다.

"여기, 이 상처 보이지? 지난주에 골프채로 맞은 거야."

현성은 뒤통수에 있는 머리카락을 헤쳐가며 부푼 혹을 보여주었다.

"이건 회초리로 맞다가 살이 찢어져서 네 바늘 꿰맨 자국."

나는 고개를 내밀어 현성의 왼쪽 손바닥에 난 상처를 봤다. 손금 옆에 손가락 한 마디 정도 크기로 붉게 도드라진 부분이 보였다.

"누가? 현필 형이?"

"미쳤냐? 아빠가 그랬다고."

"왜?"

"몰라. 그걸 알면 맞겠냐."

나는 어리둥절했다.

"큰엄마는?"

"약이나 발라주면 다행이지. 똑같아."

현성은 조금 전보다 목소리를 낮췄다. 말끝마다 으스대는 기색이 느껴졌다. 현성이 힐끗 내 얼굴을 살폈다.

"넌?"

"나? 뭐가?"

"아빠가 안 때리냐고."

나는 고개를 저었다.

"좋겠네. 근데 어쩌냐. 여긴 달라." 현성이 히죽 웃었다.

"기다려 봐. 한 일주일만 지나면 본색을 드러낼걸?"

그 말을 끝으로 현성은 불을 끄고 2층으로 올라갔다. 너도 조심하는 게 좋을 거야. 그렇게 말하는 것 같았다. 그날 새벽 나는 인기척에 눈을 떴다. 발소리였다. 1층에서 올라오는 건지, 문 앞을 서성이는 건지 분간할 수 없었다. 누가 방에 들어오진 않을까. 그래서 현성이 나에게 1층을 내준 건가. 나를 제물로 바치려고? 상상은 길게 이어지지 않았고 이내 잠이 쏟아졌다. 다시 눈을 떴을 때 커튼 틈으로 주황색에 가까운 빛 무리가 들어서는 게 보였다. 동이 트고 있었다. 침대 위쪽, 2층에서 깊이 잠든 현성의 옅은 숨소리가 들렸다. 더는 발소리가 들리지 않았다. 나는 다시 눈을 감았다.

며칠이 지나면 큰아버지가 매를 휘두를 거라는 현성의 예상은 빗나갔다. 첫날 이후 며칠간 큰아버지를 대면할 일조차 없었기 때문이다. 몇 달 뒤에 선거가 있다고 했다. 그래도 나는 사촌 형제가 지키는 규칙에 따랐다. 저녁 9시 뉴스가 시작되기 전까지 방에 들어가 잘 준비를 마쳐야 했다. 큰아버지가 방학 동안 아이들에게 바라는 유일한 규칙이었다. 그걸 어기면 혼이 날 거라고 큰엄마가 말했다.

청림에 온 지 사흘째 되던 날, 현필이 내게 경태를 소개했다. 경태는 나와 같은 5학년이었는데 청림에서 태어나 계속 이곳에서 자랐다고 했다. 우리는 집 앞이나 호수 근처 플라타너스 군락지 앞에서 경태를 만나 놀았다. 집 밖으로 나서면 어느새 경태가 곁에 있었다. 언제부터 있었는지 모를 만큼 자연스러웠다. 처음 만났을 때부터 우리는 마치 원래 알던 사이처럼 어울렸다. 하지만 경태와 단둘이 대화를 나누기까지는 시간이 걸렸다.

경태는 청림호를 둘러싸고 조성된 마을에 관해 많은 것을 알려주었다. 주로 마을의 역사나 마을 사람들과 관련된 것이었는데 나는 물론이고 현필과 현성도 이 마을에 살지 않던 시절의 일들이었다.

"저 나무는 만지지 마."

"왜?"

"여기 살던 사람들이 저기에 목을 매달았거든."

"언제?"

"몰라. 하여튼 한둘이 아니래."

경태의 말을 듣던 우리 셋은 다섯 걸음 떨어져 커다란

플라타너스와 마주 섰다. 허리보다 굵은 가지가 사방으로 뻗었고 뿌리는 물가를 향해 기어가듯 땅 위로 드러나 있었다. 바람이 불면 잎사귀들이 흔들리며 깊은 숨결을 내뱉는 것 같았다.

"와, 저긴 어떻게 올라갔을까?"

"키가 컸나?"

"어디서 의자라도 가져왔나 보지."

하나둘 말을 보탰다.

"그때 이장이 나뭇가지를 자르려고 했는데, 근처에 살던 무당이 놔두라고 했대."

"왜?"

"불쌍하다고."

"뭐가? 나무가?"

"아니. 죽은 사람들."

"죽은 사람이 뭐가 불쌍해?"

경태는 살짝 입을 다문 뒤 말을 이었다.

"다들 무당 말을 믿던데? 저 나무마저 자르면 천벌을 받을 거라고. 여기가 서낭당이 있던 자리거든."

"마을 사람들이 그걸 다 믿었어?"

"뭐, 찔리는 게 있었나 보지."

경태가 주위를 둘러보더니 현필을 바라보며 다시 입을 뗐다.

"형은?"

"씨발, 내가 뭐?"

현필이 갑자기 목소리를 높였다.

"너는 믿어?"

이번에는 내가 끼어들었다.

경태는 대답 대신 엷은 미소를 지었다. 우리 넷은 플라타너스를 지나 숲으로 들어갔다. 나는 몇 번이나 뒤돌아보았다. 한참을 걸어왔는데도 나뭇가지 끝이 계속 신경 쓰였다.

나는 현필과 현성이 자신들이 당하는 폭력을 경태에게 돌려주고 있다는 걸 경태와 여러 닐을 어울린 뒤에야 알아챘다. 왜 경태일까. 그 이유를 짐작하게 된 건 큰엄마가 현필과 현성에게 심부름시킬 게 있다며 불러 세운 어느 날이었다. 내가 먼저 경태를 만나 함께 한 시간 정도 호수를 바라보며 떠들었다. 그날 나는 경태가 나와 학년은 같지만 두 살 많다는 걸 알았다. 그렇다고 말을 높이지는 않았다. 경태가 원하지 않아서였다. 나는 경태가 사촌 형제의 짓궂고 모진 장난을 웃으며 받아내는 모습을 이미 여러 차례 목격했다. 어떤 날은 머리를 툭툭 건드렸고 하루는 같이 뛰놀다가도 벌칙이라며 엉덩이를 걷어찼다. 경태는 그 모든 걸 일종의 시험으로 받아들이는 듯했다. 불쌍한 아이들을 자기가 상대해 주는 거라고. 자신에게 닥친 고난이자 시련이라고. 그걸 어른스럽다고 해야 할지, 바보 같다고 해야 할지 알 수 없었으나 비슷한 조짐이 보일 때마다 나는 그들에게서 한 걸음 물러나 딴청을 피웠다.

"너 교회 다니냐?"

"아니." 경태가 수면 위로 돌을 던지며 고개를 돌렸다. "그건 왜?"

"교회 가서 들었던 말이랑 비슷해서."

"때를 기다리라고 하지?"

"몰라. 목사 설교 듣다가 나와버렸거든."

"구원이라든가."

"구원?"

"그런 게 있대. 기적 같은 거." 경태가 조금 더 납작한 돌을 던졌다. "회개를 하든가, 아니면 그에 합당한 벌을 받든가."

내게 기적이라면, 엄마가 병원에서 나오는 것이었다. 그런데 '벌'이라는 단어가 튀어나오는 순간, 머리끝이 서늘해졌다. 혹시 엄마는 벌을 받고 있는 걸까?

"너 엄마가 아프다며?"

나는 입을 다물고 고개를 끄덕였다.

"우리 할머니도 상태가 영 별로야."

"할머니?"

"난 할머니랑 살거든."

대화가 거기까지 이어졌을 때, 현필과 현성이 합류했다. 경태가 다시 그의 할머니를 언급한 건 며칠 뒤 적산가옥에 관한 기이한 소문과 함께였다. 내가 청림에 온 지도 한 달이 가까워져 가던 어느 날이었다. 우리는 그날도 어김없이 숲 여기저기를 들쑤시고 다녔다. 청림산으로 이어지는 오르막길을 걷다가 현필이 수풀 사이에서 고라니 사체를 발견했다.

"아이, 씨발. 깜짝 놀랐네."

나와 현성, 경태는 현필이 멈춰 선 쪽으로 몰려갔다.

현필의 시선 끝에 죽은 고라니가 있었다. 고라니는 복부 쪽에 피를 흘린 채 쓰러져 있었다. 눈은 떴지만, 생기가 없었다. 죽음이 그 자리에 뚜렷이 남아 있었다.

"얼마 안 된 거 같은데." 경태가 고라니 옆에 쪼그리고 앉아 목에 손을 가져다 대며 말했다. "아직 몸이 따뜻해."

"씨발. 더 징그러워."

현필은 한 걸음 더 물러섰고 현성은 고라니 주변을 천천히 돌았다. 나는 고라니가 뛰어가던 방향을 가늠하며 먼 곳에 시선을 두었다.

"맞았나 봐."

"뭘?"

"뭐긴, 총이지." 경태가 고라니의 배를 조심스럽게 살피며 말했다. "여기 멧돼지가 있거든."

"멧돼지인 줄 알고 쐈다는 거야?"

"아니면 뭐라도 맞히고 싶었거나."

"여깄다."

몇 걸음 뒤에 있던 현필이 나무에 남은 탄환 자국을 발견했다.

"맞네. 엽총."

경태가 현필이 가리킨 자리를 확인하며 말했다. 그때 현필의 신발 위로 벌레 한 마리가 기어올랐다. 나는 현필의 발목이 드러난 부위로 벌레가 부지런히 자리를 옮기는 걸 지켜보았다.

"아, 씨발."

현필이 오른손으로 발목을 세게 쓸어냈다. 튕기듯 떨어져 나온 벌레는 수풀 사이로 사라졌다.

"괜찮아?"

현필이 물린 부위를 확인했다. 총상보다는 작았지만 마치 총에 맞은 듯한 작은 구멍이 나 있었고, 그 위로 검붉은 피가 조금씩 새어 나왔다.

"이게 괜찮아 보이냐? 아, 씨발."

현필이 손가락에 묻은 핏물을 바지춤에 문대며 말했나. 경태가 주머니에서 두루마리 휴지 뭉치를 꺼내 현필에게 건넸다.

"이거, 너 코 풀던 거 아냐?"

"어, 저기!"

내가 어린 고라니를 보고 외쳤다. 가만히 이쪽을 지켜보던 고라니는 현필이 피를 닦으며 앓는 소리를 내자 왔던 길로 되돌아갔다. 현필의 발목은 살짝 부풀었지만, 피는 곧 멎었다. 모두 한동안 말이 없었다.

언제부터였을까. 죽은 고라니의 눈이 감겨 있었다. 나는 감긴 두 눈을 바라보았다.

"오늘 보물찾기는 완전 꽝이네."

현성이 현필의 찡그린 얼굴을 보며 말했다.

"그럼 거기 가볼까?"

경태가 갑자기 생각난 듯 우리 셋에게 제안했다.

"어디?"

"적산가옥."

"거긴 아무도 없다며?"

"그러니까." 경태가 걸음을 떼며 덧붙였다. "진짜 보물은 그런 데 있잖아."

"그 집에서 사람도 죽었다던데?" 현성이 현필을 보며 물었다.

"내가 안 죽였거든?" 현필이 현성의 어깨를 밀치며 말했다.

"죽었지. 그것도 가족이."

"뭔데? 무슨 일이 있었는데?" 내가 경태에게 물었다.

외숫가 윗마을 끝, 적산가옥. 현필과 현성도 그 집에서 사람이 죽었다는 것 외에는 모르는지 입을 꾹 다물고 경태를 바라본 채 서 있었다.

"우리 할머니가 그 일이 있고 나서부터 영 이상하다니까."

"너희 할머니가 왜?"

"옛날에 그 집에 산 적이 있대."

"그 큰 집에?"

"일도 하고, 살기도 했대." 경태가 이어서 말했다. "아무튼 그건 옛날이고, 사람이 죽은 건 재작년이야."

"2년밖에 안 됐다고?"

"가족이 다 죽었어. 한 명만 살고."

경태는 혀를 내밀어 마른 입술을 적시고 목소리를 낮췄다.

"거기…… 92년 여름에 의사 부부가 이사 왔거든. 저기 청림성모병원에서 일하는 의사들이었대. 병원에서 집을 얻어준 거지. 정원은 완전 엉망이고 담벼락엔 담쟁이덩굴이 이불처럼 덮여 있었는데, 그걸 싹 걷어내고 고쳐서 관사로 만들었다더라."

"그래서?" 현필이 지루하다는 듯 한쪽 입꼬리를 비틀

어 올렸다.

"음…… 그 집에 딸이랑 아들이 있었는데…… 딸은 대학생이고, 아들은 고등학생이었대. 근데."

경태가 고개를 숙였다가 다시 들었다. 눈빛에서 생기가 돌았다.

"그 아들이, 이상해졌대. 밤마다 이상한 소리가 들리고, 복도에 누가 있는 것 같고…… 그래서 잠도 못 자고, 나중엔 언제 다쳤는지도 모를 상처도 생겼다더라고."

"그냥 미친 거 아냐?" 현성이 코웃음을 쳤다. 현필은 여전히 입을 꾹 다문 채 나뭇가지를 뽑아 애꿎은 돌을 긁고 있었다.

"처음엔 다들 그렇게 생각했대. 부모도 그냥 예민해서 그런 줄 알았고. 근데 점점 심해지더니…… 이듬해 봄에, 자살 시도를 했대."

현성이 움찔했다. 현필의 손끝이 잠시 멈췄다.

"왜? 벌써 무섭냐?"

경태가 두 사람 쪽을 바라보며 톤을 바꿔 물었다.

"이게 미쳤나. 계속 말이나 해, 새끼야."

"뭐, 한밤중에 구급차가 왔다더라. 그 후로 그 의사 부부는 매일같이 성당을 오가며 기도를 했고."

"근데……." 경태가 살짝 목소리를 낮췄다. "아들이 그랬다더라. 집 안에 다른 누군가가 있다고."

"……귀신?"

"진짜래. 성당 말고 병원도 여러 군데 가고, 굿도 하고, 다 했대. 근데 나아질 기미가 안 보인 거지."

"그리고?" 현필이 드디어 말을 보탰다.

"정신병원에 입원하기로 한 날, 전날 밤에…… 애가 부모를 죽이고, 집에 불을 지른 다음, 자기도 목을 맸대."

"뭐?" 현성이 바짝 몸을 당겼다. "진짜야?"

"응. 딸이 신고해서 불은 금방 꺼졌는데…… 사람은 못 구했대. 그 집 냄새가 한동안 마을 골목 곳곳에 남아 있었다더라고."

"무슨 냄새?"

"그냥, 그 집 냄새."

나는 손바닥에 닿는 흙의 감촉을 느끼며 슬쩍 고개를 돌렸다. 경태의 말이 거짓말 같지는 않았다.

"경찰이 수사했는데 유서는 아들 필체였고 타살 흔적도 없었대. 근데, 아무도 그 사람들 얘기를 안 해."

"집은 어떻게 됐는데?" 현필이 물었다.

"가을 되니까 다시 조용해졌지 뭐. 창문은 닫히고 담장엔 출입 금지, 매매 뭐 이런 게 붙었대. 그 집 앞을 지날 땐 다들 괜히 발걸음이 빨라지고 창문 안 보려고 고개를 돌리고 그랬다더라."

"근데." 경태가 마지막 말을 꺼냈을 때는, 눈빛이 확실히 달라졌다.

"어떤 밤엔…… 그 창문 뒤에서, 누가 속삭이는 소리가 들린대. 누구 목소리인지, 어느 나라 말인지, 아니면 바람인지 구분도 안 되는 그런 소리 있잖아."

"거짓말."

"진짜라니까. 그 집 앞 골목까지 들린대."

현필이 말없이 나뭇가지를 땅에 찔러 넣었다. 현성은 아예 내 쪽으로 와 앉았다.

경태는 이야기를 마친 뒤 만족스러운 표정을 짓더니 이내 고개를 푹 숙였다. 정수리 아래로 양 볼이 씰룩이는 게 보였다. 나는 흙 위에 그림을 그리는 경태의 손끝을 바라보았다. 경태가 말한 적산가옥이 단순한 선 몇 개로 그려져 있었다. 경태는 꽤 오래전부터 이 이야기를 준비하고 있었던 것처럼 느껴졌다. 이야기 끝에 경태가 덧붙였다. 예전에 그 집 형을 만난 적이 있다고. 동네 슈퍼에서 아이스크림을 사 줬고, 평상에 앉아 같이 먹으면서 이야기를 나눴다고. 그 형은 경태에게 부모가 없는 걸 부러워했다고.

"뻥 치지 마, 새끼야."

입을 벌린 채로 이야기를 듣던 현필이 경태의 등을 세게 밀치며 말했다. 나는 경태 바로 앞에 서 있었다. 그 순간, 경태의 눈빛이 확 바뀌는 걸 봤다. 살짝, 아주 잠깐이지만, 낯선 느낌이 들었다.

"지난번에 형이랑 갔다가 문이 잠겨서 못 들어갔는데."

현성이 말했다.

"다 방법이 있지. 담벼락 중간에 비밀 문이 있거든." 경태의 시선이 현필을 향했다. "근데 형은 괜찮겠어?"

"좆까, 이상한 벌레 새끼만 없으면 돼."

현필이 기다란 나뭇가지로 죽은 고라니를 아무렇게나 쑤셔대며 말했다.

1945

나오

나는 경성의학전문학교 부속병원에서 근무한 지 2년 만에 청림부인병원으로 자리를 옮겼다. 오래된 여관 두 채를 매입한 원장은 큰돈을 들여 개축하고 의료 장비를 들여왔으나 의사를 고용하는 데 난항을 겪고 있었다. 게다가 조선총독부가 병원을 국유화하고 선교사들을 내쫓으려는 움직임이 포착되면서 네덜란드에서 온 원장 로제타는 일본인 의사를 수소문한 끝에 나를 만났다.

"청림은 경성과 다릅니다. 그곳에서 병원은 치료를 받으러 가는 데가 아니라, 살아남기 위해 가는 곳이에요."

로제타는 일본어를 능숙하게 구사했다. 나는 자잘한 상처들이 아물고 있는 로제타의 팔에 자꾸 눈길이 갔다. 로제타가 힘주어 말했다.

"살아야 할 사람도 너무 쉽게 죽고 있어요. 조선 사람들은 특히, 너무 조용히, 외롭게 갑니다."

경성에서 내가 진료한 이들은 대개 일본인이었다. 조선인은 대체 어디에서 치료를 받을까, 마땅한 기회는 있을까 속으로만 생각하던 때에 로제타가 찾아왔다. 병원 운영 방침에 따라 차별하지 않고 환자들을 대한다는 설명을 들은 나는 고민 없이 이직을 준비했다. 어렵지 않은 결정이었다.

육중한 석조 건물과 그 앞에 세워진 일본식 모던 양식의 철제 표지판을 뒤로한 채 울타리 너머로 내가 탄 택시기 먼지를 일으키며 떠날 때까지 나는 병원에서 눈을 떼지 않았다. 창 너머 희미하게 떠오른 병원의 회색빛 외벽이 눈앞에서 사라졌다. 교토에서 오사카로 가는 것보다 더 오랜 시간이 걸렸다. 거리는 비슷했지만 도로 사정이 좋지 않았다. 중간에 멈춰 서서 속을 한 번 게워낸 뒤에야 내 결정을 실감했다. 바람이 달라진 걸 느꼈다. 경성과 달리 청림은 조선인들이 밀집해 사는 지역이었다. 좁고 굽은 골목들이 산허리를 따라 이어졌고, 길목마다 빨랫줄이 걸려 흰 저고리가 펄럭였다. 언덕 아래로는 기와지붕이 물결처럼 연결되어 있고, 굴뚝 사이로 아이들 울음소리가 희미하게 울려 퍼졌다. 공기 중에 흙냄새가 섞여들었다.

다섯 시간을 달려 차가 멈춰 선 곳은 청림부인병원 앞이었다. 병원은 나무 기둥과 흙벽을 그대로 살린 외관에, 내부는 영국식 병동 구조를 모방한 간결한 형태였다. 창문마다 하얀 커튼이 달려 바람에 나부끼고 좁은 복도에는 희미한 소독약 냄새가 밴 수납장이 놓여 있었다. 나는 3층에 진료실 겸 연구실을 배정받고 낮부터 진료를 시작했다.

외진 골목 끝에 위치했음에도 병원은 점점 입소문을 탔다. 총독부는 병원을 사들이는 일을 차일피일 미루었다. 환자가 늘어나자 로제타는 의사를 한 명 더 고용했다. 덕분에 나는 부인과 질환 진료에 집중할 수 있었다. 출산을 앞둔 이들이나 출산 후 출혈과 합병증 등 온갖 질환에 시달리는 환자들이 병원을 찾았다. 그들은 특히 감염 질환에 속수무책으로 노출되어 있었다. 출산 후 병원을 찾는 이들의 예후는 산파가 누구였는지에 따라 극명하게 갈렸다. 병원을 찾기까지 긴 시간이 걸렸는데 위중한 경우도 많았기에 병원에서 사망하는 경우도 적지 않았다. 나는 로제타와 상의를 거쳐 분만 시 주의 사항과 병원을 찾아야 하는 사례를 정리해 문서로 만든 뒤 관청에 배포를 요청했다. 하지만 이러한 노력에도 상황은 쉽사리 개선되지 않았다. 많은 사람이 글을 읽는 데 익숙하지 않아서이기도 했지만, 얼굴도 알지 못하는 일본인 의사의 말을 곧이곧대로 믿어줄 사람은 많지 않았다.

"읽어줄 사람도 없다고 했어요."

간호사 하나가 문서를 들고 고개를 숙이며 말했다.

"그럼 우리가 말해줘야죠." 나는 흰 가운을 고쳐 입었다. "하나씩 합시다."

그날 이후로 진료실 문을 나서는 일이 많아졌다. 무슨 이유로 병원을 찾았든 간에 사람들에게 부인과 질환에 대해 설명하면, 옆에 있던 조선인 간호사가 통역해서 전해주는 방식이었다. 나는 병원을 찾는 이들에게 문서에 적힌 내용을 설명하며 주변에도 알려달라고 청했다. 임산부에게는 영양제와 철분제, 비타민 보충제를 넉넉하게 챙겨주었다. 그것이 병원에 오지 못하는 산모와 아이를 살리는 길이라고 믿었다.

그러던 어느 날, 고타로에게서 편지가 왔다. 청림부인병원으로 옮긴 지 반년이 지난 뒤였다. 만주에서 보낸 편지였다. 편지는 먼 길을 오는 동안 젖고 마르면서 누렇게 바랬고 자잘한 주름이 졌다. 군데군데 잉크가 번졌지만 획의 구분이 또렷해서 읽는 데 어려움은 없었다. 고타로는 내가 오사카를 떠나 경성으로 갔다는 소식을 뒤늦게 들었다고 했다. 때마침 군 병원에서 옆 건물 연구소로 근무지가 변경되었고 흥미로운 연구에 참여하게 될 것 같다는 말이 이어졌다. 문장은 담담했고 내용은 중립적이었으나 내 눈엔 이상한 여백이 읽혔다. **흥미로운**이라는 단어가 낯설게 느껴졌다. 죽어가는 사람을 두고, 그런 단어를 떠올릴 수는 없지. 숨은 맥락이 있을 거라고 믿으면서도 마음 한구석이 식어갔다. 나는 길게 숨을 내쉬고 계속 편지를 읽었다.

편지 말미에 이르러 고타로의 것인 문장이 나왔다. 전쟁으로 여전히 많은 사람이 죽고 있어. 나오, 그곳에서 사람을 살리고 있니? 나도 언젠가 네 앞에서 떳떳하게 말할 수 있으면 좋겠다. 더는 부끄럽지 않게. 그 문장을 읽은 내 손이 한순간 멈췄다. 사진이 한 장 들어 있었다. 만주 제 659부대 관동군 방역 급수부라고 적힌 팻말 옆으로 고타로가 서 있었다. 뒤편으로 3층 높이의 목조 주택이 보였다. 짧은 머리카락 탓인지 고타로는 더 어려 보였다. 군인의 모습과는 거리가 먼 온순한 인상이었다.

거울 속의 나는 지쳤지만 아직 믿고 있는 얼굴이었다. 그 뒤로 고타로와 나란히 서 있던 기억이 타마츠쿠리성당의 햇살처럼 아득히 번져왔다. 고타로와 내가 나란히 서 있던 시간이 언제였는지. 성당에서 나뭇잎 사이로 빛이 내리던 풍경이 머릿속에 무겁게 내려앉았다. 사진 한 장 남기지 않았다는 걸 떠올리며 고타로와 내가 더 이상 거기 없다는 걸, 이미 오래전 각자의 길로 떠났다는 걸 실감했다. 그 풍경이 존재했다는 기억만이 남았다. 그곳에서 너무나 멀리 떨어져 나온 것처럼 느껴졌다. 나는 잉크를 머금은 만년필을 들어 진료 내용을 정리하는 종이 위에 건강하게 지내라는 글귀를 적었다. 고타로의 사진을 다시 바라봤다. 뒤따를 말을 고심하던 차에 숙직실 문이 열리며 바람이 불어왔다.

 응급을 알리는 간호사의 외침 뒤로, 무언가 달아나는 소리가 들린 듯했다. 마음 깊은 곳에서 서늘한 기척이 일었다.

 그날 저녁 응급실을 찾아온 사람이 다카히로였다. 간호사가 응급실 침대 옆 의자에 앉아 있는 다카히로의 손바닥을 지혈하고 있었다. 손바닥에 찰과상이 깊게 나 있었다. 붉게 물든 셔츠와 바지, 그리고 하얗게 질린 낯빛이 기묘한 대조를 이루었다. 말쑥한 정장은 마치 다른 시대에서 온 사람처럼 낯설었다. 다카히로는 예의를 갖추면서도 삶의 의지를 보여주듯 한 마디 한 마디에 힘을 실어 말했다.

"이름이 뭐죠?"

 상처 부위를 확인하며 내가 물었다.

"이케부로, 이케부로 다카히로입니다."

"어쩌다 다치셨어요?"

"공사 현장에서 나무에 베었어요."

"이렇게 늦은 시각까지 일을 해요?"

의식이 있는지 확인하기 위해 계속해서 말을 붙였다.

"제집이라서요. 내부를 둘러보다가 중심을 잃고 넘어졌습니다." 다카히로가 낮은 목소리로 말을 이었다. "그게 잘 기억나지 않습니다. 정신을 차려보니 비서가 저를 부축하며 걷고 있더군요."

"술을 드셨나요?"

나는 침대에 놓인 재킷을 슬쩍 바라봤다. 재킷에서 졸인 사과 향이 났기 때문이다.

"아니요." 다카히로가 고개를 저었다. "술은 마시지 않았습니다."

"수혈을 해야 할지도 몰라서 여쭤봤어요. 상처가 깊네요. 그래도 뼈나 인대 손상으로 이어지진 않았어요. 바로 꿰맬 거예요."

"여기에서요?"

"좀 따끔할 겁니다."

다카히로의 손바닥에 열일곱 바늘을 꿰맸다. 출혈이 계속돼서 손놀림이 그 어느 때보다 빨랐다. 에탄올과 요오드를 차례로 바른 뒤 붕대를 감고 이어서 혈압을 쟀다. 은은하게 퍼지는 사과 향이 마음에 걸려 수혈은 하지 않기로 결정했다.

"여기 병원이 생겨서 다행이네요. 경성으로 가야 하나 했는데, 기사가 이곳을 추천해 주더군요. 여자들만 가는 병원은 아니라고."

"출혈도 출혈이지만 상처가 깊어요. 감염이 더 문제죠. 항생제를 처방해 드릴 거예요. 한동안은 소독하러 오셔야 해요. 보름 뒤엔 실밥도 제거해야 하고요."

처치 도구를 나무 상자에 가지런히 담는 동안 다카히로는 병원 진료 시간을 물었다.

다카히로는 꼬박꼬박 병원을 찾아왔다. 소독을 위해 방문할 때마다 나를 찾았으나 내 처치를 받지 못하는 날이 더 많았다. 대개 다른 환자를 진료하고 있었기 때문이다. 그럴 때면 다카히로는 내 진료가 끝나기를 기다렸다가 준비해 온 꽃과 간식을 선물하고 떠났다. 다른 의미는 없고 그저 감사 표시라고 말했지만, 나는 그의 호의가 마뜩지 않아 다시 간호실로 가져다 두곤 했다. 다카히로가 청림방직 사장이라는 사실은 나중에 알았다.

"관동이랑 일본 본토에도 납품하는 업체예요. 청림 사람 열 명 중 한 명은 거기에서 일할걸요?"

간호사 노리코는 다카히로가 평판도 좋다며, 내가 그를 어떻게 생각하는지 듣고 싶어 했다.

"젊은 사람이 그렇게 큰 공장을 운영한다고요? 뭘 만드는데요?"

"중일전쟁이 시작되고 일본 군복을 만들어 팔면서 번창했다고 저희 언니가 그랬어요." 노리코가 진료실 문 앞에 서서 다카히로가 선물한 모나카를 야금야금 베어 먹으며 말했다. "뭐, 수완이 좋은가 보죠. 젊은 남자가."

청림방직 사장이 청림부인병원 전문의를 사모한다는 말이 내 귀에 들어온 건 이미 병원 전체에 소문이 퍼진 뒤였다. 실밥을 푸는 날, 다카히로는 내게 식사를 대접하고 싶다고 말했다. 단번에 거절했으나 다카히로의 제안은 집요했다.

"실은 상담을 좀 하고 싶어서요. 우리 공장에 노 가임기 여성이 많아요. 임산부도 있고요. 공장에서 그분들에게 도움이 될 일이 있을지 궁금해서요. 선생님의 조언을 꼭 듣고 싶습니다."

다카히로가 자신이 원하는 것은 어떻게든 얻어왔다는 걸 모르지 않았다. 그럼에도 나로서는 공중보건을 사람들의 일터로 확장할 수 있을지도 모른다는 기대감으로 식사 요청에 응했던 것이다. 점심 식사를 약속한 날, 차에 올라탄 나는 방직 공장에 먼저 가도 되겠느냐고 물었고, 다카히로는 기사에게 공장으로 가자고 말했다. 자동차가 출발하고 얼마 지나지 않아 익숙한 냄새를 맡았다. 사과 향이었다. 다카히로의 낯빛에서 술을 먹은 기색은 찾을 수 없었기에 그날 밤 그 향은 술이 아니라 향수였다는 걸 깨달았다.

그 후로 다카히로와 몇 차례 만남을 이어갔다. 내게는 당연하게도 업무의 연장이었다. 그 결과 청림방직에 작은 휴게실이 생겼다. 여성 노동자들이 잠시 쉴 자리가 생긴 셈이었다. 소금과 월경대, 거즈와 소독약도 비치했다. 개소식을 열고 나서야 다카히로에게 감사의 뜻을 전했다. 다카히로는 자신이 소망한 바를 마침내 이루었다고 말했다. 진심이라고 생각했다.

다카히로는 계속해서 막대한 정치 헌금과 무기를 관공서에 헌납해 가며 사업을 키워나갔는데, 한번은 그 과정보다 내 마음을 열기가 더 힘들었다고 털어놓았다. 얼마나 편한 인생을 살아온 걸까. 나는 다카히로가 인생을 어떤 방식으로 거래해 왔는지 알 것 같았다.

얼마 뒤 다카히로는 청림호 인근에서 막바지 공사가 한창이던 2층 가옥에 나를 데려가 청혼했다. 그곳 2층 가옥은 나무로 둘러싸인 채 정적을 머금고 있었다. 창문을 닫은 건물은 외부와 단절된 듯했고 잎이 바스락거리는 소리조차 안으로 스며들지 못할 것 같았다. 계단 끝에서 발을 멈췄다. 누군가가, 아주 오래전부터, 이곳에서 나를 기다린 것 같은 기분이 들었다. 예전 남산 근처 빨래터 사진 속의 배경이 떠올랐다. 그곳에 엄마가 있었다. 빛에 반사된 시간처럼, 엄마가 웃고 있었다. 사진 속에서도, 기억 속에서도 볼 수 없던 표정이었다. 경성에 도착한 뒤 엄마의 자취를 찾아 남산과 명동성당에 갔을 때는 느끼지 못했던 감정이었다.

"이런 형태가 교토에서 시작된 양식이라더군."

옆에 서 있던 다카히로가 말했다. 나는 집을 더 둘러보았다. 엄마의 환영은 어느새 사라졌지만 한동안 그 풍경에 사로잡혀 있었다. 여기엔 분명 무언가가 있었다. 다카히로도 그걸 알고 있을까. 그것이 무엇이든 나는 두렵지 않았다. 오히려 편안함을 느꼈다. 그 순간 예전에 엄마가 했던 말이 기억났다. 내 눈과 마음을 통해 엄마가 그곳에 돌아갈 수 있다는 말.

"나오, 우리가 이곳에 함께 산다면 어떨까?"

다카히로가 말했다.

지금 와서 생각해 보면 나는 다카히로가 아닌 이 집을 택했던 것 같다. 그 선택을 후회하지 않았다. 그날 다카히로가 기사를 시켜 클랙슨을 누를 때까지 한참 동안 집 이곳저곳을 살폈다. 그리고 나는 집이 완공된 직후인 1941년 봄부터 이 집에 살기 시작했다.

2025

수현

    알람이 울렸을 때 규호는 집에 없었다. 실비와 실리를 깨우러 옆방에 들어갔다가 아이들 틈에서 10분을 더 잤다. 실비가 이러다 늦겠다며 먼저 자리를 박차고 일어났다. 실비의 뒤를 따른 건 실리었나. 나는 아이들이 일어선 자리에 이불을 정리하고 마지막으로 일어났다.

    인근에 대형 병원이 있다는 사실은 이사를 결심하게 만든 가장 큰 이유였다. 실비는 여전히 항암 치료가 필요했고, 도시보다는 자연 속에서 지내는 편이 아이의 회복에 도움이 될 거라 생각했다. 규호에게 집 주소를 물은 뒤 소아종양내과 전문의가 있는 병원이 멀지 않다는 걸 알았을 때 나는 그것을 좋은 징조, 어쩌면 운명이라 믿고 싶었다. 맑은 공기와 파란 하늘과 푸른 나무 그리고 친절한 사람들. 당분간 치료비를 걱정할 필요도 없었다. 모든 것이 제자리를 찾을 것이다.

청림성모병원 외래 환자 대기실에 앉아 있었다. 진료를 기다리는 공간에서는 항상 같은 냄새가 났고 매번 비슷한 기분을 느꼈다. 발병했을 때도, 처음 치료를 받는 날에도, 1차 항암 치료가 끝난 날에도 그랬다. 늘 긴장되고 입술이 말랐다. 다행인 건 아이들은 나의 걱정에서 조금씩 비켜서 있다는 점이었다. 진료를 기다리는 동안 실비와 실리는 복도 한쪽 끝에 마련된 책장에서 책을 꺼내 읽었다. 인근 공공 도서관에서 설치한 순회 서가였다. 접수와 동시에 혈액 센터에서 피를 뽑았음에도 진료는 예약한 시간보다 한 시간 가까이 지체되었다. 접수처에 물으니 검사가 지연되고 있다고 했다. 얼마나 많은 피가 저 안에 있을까? 헤모글로빈과 백혈구, 적혈구, 혈소판이며 아미노산…… 나는 주사기 내부로 모르는 이의 피가 빨려 들어가는 모습을 창문 밖에서 지켜보았다.

얼마 지나지 않아 실비의 이름이 불렸다. 나는 실비와 실리를 앞세워 진료실에 들어가 의사에게 인사를 하고 자리에 앉았다. 의사가 모니터를 주의 깊게 관찰하다 입을 뗐다.

"누가 실비니?"

실비가 손을 번쩍 들었다. 옆에 서 있던 간호사가 미소를 보이자 덩달아 실비와 실리도 웃었다. 셋이 진료실에 들어서면 실비는 언제나 의사와 가장 가까운 자리에 먼저 가서 앉았다. 이번에도 예외는 아니었다. 의사는 실비의 호흡을 확인한 뒤 기분이 어떤지 물었다.

"좋아요."

실비가 말했다.

"어디 아픈 데 없고?"

"실리가 가끔 짜증 나게 굴고, 엄마랑 아빠가 싸워서 속상할 때가 있지만 괜찮아요. 뭐 그게 정상이죠."

다른 어른들과 대화하는 실비와 실리를 볼 때면 놀랍고 난감한 일이 한두 개가 아니었다. 실비는 병을 앓은 뒤로 부쩍 어른 흉내를 냈다. 아니면 규호에게 배운 걸까.

그것도 아니면 벌써 다 커버린 걸까. 이번에도 여지없었다. 내가 입을 떼기도 전에 의사가 대꾸했다.

"오, 그거 정말 다행이네. 검사 결과도 잘 나왔거든."

의사는 시선을 실비에게서 내게로 돌리고 나서 말을 이었다.

"어머님, 이번에 실비 경구 항암제를 바꿔볼 거예요."

나는 무슨 약인지, 왜 약을 바꾸려는지 물었다.

"몇 가지 수치가 떨어지지를 않아서요." 의사가 모니터를 돌리고 길쭉한 그래프를 가리켰다. 붉은색이었다.

"2주간 복용해 보고 나아지지 않으면 척수 주사를 맞아야 할 거 같습니다. 이전 병원에서 맞은 적 있죠?"

실비와 실리는 척수라는 말에 곧바로 얼굴을 찡그렸다. 뭐가 잘 나왔다는 걸까. 나는 대꾸 없이 속으로 생각했다.

"그러니까 약 잘 먹고, 엄마 말씀 잘 듣고 2주 뒤에 보는 거다?"

"네."

실비가 고개를 끄덕이며 대답했다.

의사는 실비를 향해 말하다가 다시 나를 바라보며 물

었다.

"청림에는 언제 오셨죠?"

"얼마 안 됐어요."

"저희는 청림호 근처에 살아요."

실비가 말을 가로챘다.

"그래? 좋은 데 사는구나! 약 먹고 아픈 거 다 나으면 선생님도 초대해 줘."

"그건 더 친해지면 생각해 볼게요."

이번에는 실리가 말했다. 의사와 간호사가 웃었고 우리는 돌아서서 진료실을 나왔다.

2주 치 항암제를 받고 정문 앞 주차장에 도착했을 때, 실리가 내 손에 네잎클로버를 쥐여 주었다.

"이걸 어디서 발견했어?"

"아까 도서관에서."

"도서관에 클로버가 있었어?"

"책 사이에. 누가 꽂아놨던데?"

자세히 들여다보니 책장 사이에 끼워 납작하게 말린 압화였다.

"잘 가지고 있다가 다음에 병원 갈 때 다시 꽂아놔야

겠다."

"우리 집에서 새로 뽑아 가면 되지. 그건 엄마가 써. 엄마한테 더 필요하니까."

나는 실리의 정수리를 쓸어내리며 고맙다고 말했다. 네잎클로버를 계기판 위에 올려두고 실비와 실리를 차례로 유아 시트에 앉힌 뒤 집으로 향했다. 아이들은 이제 시트에 앉지 않으려 했지만, 병원에 올 때는 달랐다.

돌아가는 길에는 뜨거운 햇볕이 쏟아져 내렸다. 에어컨을 켜는 대신 운전석과 조수석 창문을 열었다. 호수에 가까워지자 바람은 더 시원해지고 물비린내가 풍겼다. 나는 물 공포증이 있지만, 아이들은 물을 좋아했다. 손끝으로 얕은 물을 휘젓는 것까지는 괜찮았다. 물에 들어가지만 않으면. 때때로 물이 내 몸을 잠식할 것 같은 기분에 사로잡히곤 했다. 내 몸을 집어삼키고 흔적도 남기지 않을 거라는. 창문을 닫으려고 할 때 뒷자리에 앉은 실비가 호수에 들렀다가 가면 안 되냐고 물었다. 아니, 실리였을지도 모른다. 누가 한 말이냐고 되묻지 않았다. 집에서 점심을 먹고 나오자고 말했지만 아이들은 고집을 부렸다. 나는 절충안을 제시했다.

"샌드위치 만들까?"

"좋아!"

나는 아이들의 대답을 들으며 자동차 창문을 모두 올렸다. 계기판 위에 올려둔 네잎클로버는 어느샌가 사라져 버렸다.

차에서 내린 실비의 컨디션이 나빠 보였다. 멀미라도 한 걸까. 실비는 내색하지 않으려고 애를 썼다. 호수는 다음에 가자고 하면 기어코 가겠다고 떼를 쓸 게 분명했다. 그럴 때 실비는 아픈 걸 참곤 했다. 실비를 피곤하게 두면 안 됐다. 나는 다른 방안을 떠올렸다. 샌드위치는 엄마가 만들 테니까, 너희들은 우선 씻고 호수에 가서 뭐 하고 놀지 생각하고 있어. 졸리진 않고? 배는 많이 안 고프지? 연이은 질문에 아이들은 고개를 끄덕이고 동시에 욕실로 들어갔다.

나는 바삐 움직였다. 먼저 창고에서 캠핑용 의자를 챙겼다. 돗자리보단 의자가 안전할 것 같았다. 창고 안쪽, 어젯밤에 보았던 버섯은 사라지고 없었다. 대신 구석진 벽면을 관찰하다가 거미집을 발견했다. 그 붉은빛을 띠던 버섯은 규호가 제거한 걸까. 여전히 창고에서 냄새가 났다. 습기 탓일지도 몰랐다. 트렁크에 의자를 싣는 동안에도 버섯의 생김새가 머릿속에서 떠나지 않았다.

샌드위치에 종이 포일을 씌우고 있을 즈음, 아이들이 장비를 챙겨 계단을 내려왔다. 잠자리채와 돋보기, 작은 플라스틱 가방을 나눠 들고는 벙거지를 눌러쓰고 나타났다. 실비의 낯빛이 한결 편안해 보였다. 곧장 아이들을 태우고 출발했다. 출발한 지 5분쯤 지나 임도와 호수가 만나는 삼거리에 차를 세웠다. 잔잔한 수면 위로 햇빛이 번들거렸다.

"물에 들어가면 안 돼."

나는 주변을 서성이다가 아이들을 향해 외쳤다. 플라타너스 아래 돗자리를 펴고 양쪽 끝에 캠핑 의자를 펼쳐 둔 뒤 아이들을 불러 함께 늦은 점심을 먹었다.

돗자리 위에서 《프랑켄슈타인》을 펼쳤다. 괴물이 프랑켄슈타인 박사를 찾아다니는 장면이 이어졌다. 실비와 실리는 물수제비를 하겠다며 돌을 주웠다. 수면을 향해 호기롭게 던진 돌은 번번이 물 아래로 가라앉았다. 흥미를 잃었는지 이번에는 잠자리채와 플라스틱 가방을 들고 플라타너스 근처를 살피기 시작했다. 나는 멀리 가지 말라고, 엄마가 보이는 데 있으라고 주의를 주었다. 햇빛 아래에 서자 실비의 지친 기색이 느껴졌다. 그러나 정작 잠든 건 나였다.

악몽을 꿨다. 누군가 발목을 잡아당겼다. 나는 뿌리치기 위해 몸부림쳤지만 몸이 서서히 땅속으로 꺼져갔다. 어느 순간 고개를 돌리자 노란 고양이가 일그러진 얼굴로 나를 바라보고 있었다. 호박색 눈동자가 시꺼멓게 변한 채였다. 잠에서 깨니 돗자리 위를 가득 채웠던 그늘이 절반가량 사라져 있었다. 바람은 시원했지만, 어쩐지 몸이 축축하게 느껴졌다. 습기 탓일까. 나는 바지 밑단에 묻은 흙을 털고 일어나 플라타너스 뒤편으로 걸어가서 아이들의 이름을 불렀다. 인기척이 없었다. 신발을 신으려고 다리를 뻗는데 발목이 시큰거렸다. 왼쪽 발목에 붉은 멍이 띠처럼 둘러져 있었다. 손으로 감싸 쥔 형태였다. 꿈속 한 장면이 떠올랐다. 누군가 내 발목을 붙잡았다. 심박수가 빨라지기 시작했다. 다시 실비와 실리를 차례로 불렀다. 이윽고 실비는 잠자리채를, 실리는 나뭇가지를 휘두르며 나타났다. 그사이 발목 통증은 사라졌다. 실리의 나뭇가지가 수풀을 휘저었다.

"조심해, 다치지 않게. ……이제 돌아갈까?"

아이들은 호수에서 돌아온 뒤에도 집으로 들어가지 않고 정원에서 시간을 보냈다. 그러고는 1층을 뛰어다니더니 자신들의 방으로 올라갔다. 나는 호수에 가져갔던 의자를 다시 창고에 들여놓고 주방을 정리했다. 가끔가다 천장에서 아이들의 발소리가 들렸다. 작은 아이들도 방을 가로질러 뛰어갈 때면 진동이 느껴졌다. 홈 카메라를 켜고 아이들을 관찰했다. 아이들은 주워 온 돌멩이와 꽃잎을 꺼내놓고 진열했다. 얼마 뒤 실비가 보이지 않았다. 그 대신 가까이에서 들리는 실비의 목소리. 그걸로 우릴 보는 거냐고, 실비가 물었다.

"이 집은 넓잖아. 서로를 지켜줘야지."

실비는 잠시 서서 생각했다.

"그럼 우리도 엄마를 감시해야겠네."

나는 두 개의 답변을 떠올리다가 대답 대신 미소를 택했다. 그동안 실비는 물을 마셨고 나는 원장 수녀님의 불호령을 들었다. '어디서 말대꾸야!' 실비가 짓궂게 말할 때면 나는 그 시절의 나를 떠올렸고 간단히 아이들을 제압하던 원장 수녀님이 생각났다. 그 목소리가 아직도 잊히지 않았다.

"실리랑 뭘 그렇게 열심히 하고 있었어?"

"박물관 놀이."

"맞아. 박물관에는 감시 카메라가 있잖아."

실비는 그제야 남아 있던 의문을 털어버린 것 같았다.

"누가 훔쳐 갈 수도 있으니까?"

"응. 이것만 정리하고 엄마가 구경 가도 되나?"

"그럼! 엄마는 언제나 환영이지!"

이사 오기 전부터 아이들은 박물관 놀이에 푹 빠져 있었다. 이사를 하고 나서도 놀이는 계속 이어졌다.

실비가 먼저 올라간 뒤 나는 간식을 챙겨 들고 실비와 실리의 방으로 향했다. 아이들이 주변에서 주워 온 것들. 도시 아파트 하천을 산책할 때 주웠던 것들도 여전히 자리를 차지하고 있었다. 고양이와 놀아주던 강아지풀과 이따금 손을 쭉 뻗어 먹여주던 츄르. 그리고 며칠 사이 집 근처에서 주운 것들. 호수에서 주워 온 표면이 반질반질한 자갈 몇 개. 석등 근처에 있었다는 묵주와 대문 근처에 떨어져 있던 십자가 목걸이. 그 옆에는 편지봉투가 있었다. 색이 바래고 일본어가 적힌 편지는 우표에 소인도 찍혀 있었다. 오래된 봉투는 손끝에서 쉽게 부서질 듯 바스락거렸다. 한눈에 봐도 이 집만큼 오래된 것이었다.

"어디서 주운 거야?"

"응접실에서."

"응접실 어디?"

실리가 편지를 바라보며 생각했다.

"책상 아래."

"언제?"

"방금 엄마랑 실비가 주방에 있을 때."

나는 편지를 주워 겉면을 확인했다. 봉투 안에는 반듯하게 접힌 편지지 한 장이 들어 있었는데, 색이 심하게 바랜 여백까지 한자와 히라가나가 빽빽하게 적혀 있었다. 일본어를 전혀 할 줄 몰랐기에 내용을 짐작할 수조차 없었다. 위에서 아래로 써 내려간 듯한, 세로로 적힌 글을 어느 방향으로 읽어야 하는지도 헷갈렸다. 다만 편지 말미에 1941년 3월 25일이라는 날짜가 적혀 있고, 그 옆에는 일본어 글자와 '16'이란 숫자가 괄호 안에 묶여 있었다. 그 숫자는 익숙했다. 대들보에 적혀 있던, 그 쇼와 16년이었다. 한자도 같았다.

"뭐라고 적혀 있어?"

"일본말로 적혀 있어서 잘 모르겠네. 근데 엄청 오래된 편지야."

"얼마나?"

"이 집 나이랑 비슷한 거 같아."

"80살?"

"응. 그쯤."

"좋아. 엄마를 우리 박물관…… 그 뭐지? 아! 연구원으로 임명하자."

실비가 실리에게 제안했다. 아이들은 웃음을 터뜨렸고 나는 연구해 오겠다는 말을 남기고 1층으로 내려와 응접실로 걸음을 옮겼다.

《프랑켄슈타인》을 발견한 것도 그 책상이었다. 첫 번째 서랍에 들어 있던 그 책은 오랜 세월 그곳에서만 보관되었는지 비교적 온전한 형태였다. 판권면은 뜯겨 나가 찾을 수 없었으나 아주 오래된 판본임이 분명했다. 출판사도 낯설었고 제목도 지금과는 표기법이 달랐다. 프랑-켄슈우타인, 또는 현대의 프로-메테우스라고 적혀 있었다. 책상에 앉아 서랍을 열고 바닥을 살폈지만 다른 편지나 옛 주인이 남긴 물건은 보이지 않았다. 책상 말고. 나는 중얼거리며 응접실 중앙에 깔린 양탄자 끝을 슬쩍 걷어보았다. 더는 들춰 볼 것이 없었다.

다시 책상 위에 편지지를 펼쳐두고 휴대전화를 꺼내 번역에 나섰다. 종이가 뿌옇게 바랜 탓인지 번역기로 읽히는 글자가 몇 개 없었다. 육안으로는 획 구분이 가능했기에 나는 노트에 짧은 첫 문장을 옮겨 적고 다시 휴대전화로 번역을 시도했다. 나오에게. 만주에서 보내온 편지가 도착한 곳은 경성제일병원이었고, 받는 이는 오카다 나오였다. 저녁 6시 30분. 정원 안으로 규호의 차가 들어섰다. 나는 편지지를 접어 봉투에 넣은 뒤 책 사이에 끼워두었다.

저녁 식사를 마치고 규호에게 새로운 근무지에 대해 들었다. 규호는 무엇 때문인지 모르겠지만 긴장한 기색이 역력했다. 마치 집 안 어딘가에 누가 듣고 있기라도 한 것처럼 주변을 두리번거렸다. 나는 왜 그러느냐고 묻지 않았다. 규호는 자신이 피곤하면 세상 모든 것을 적대시했다. 차라리 동굴로 들어가게 놔두는 편이 나았다. 하지만 실비와 실리가 있었고 함께 있는 동안에는 평화가 필요한 법이었다.

"아는 사람은 없었고?"

"아는 사람? 아는 사람이 왜 있어."

"직원 중에 말이야."

규호가 다시 고개를 저었다. 규호는 이곳에서도 여전히 갇혀 있다가 풀려난 사람처럼 보였다. 나는 얼마 전 사형선고를 받은 그 남자에 대해 한 번 더 물으려다 그만두었다.

해 질 무렵, 실비의 이마가 뜨거워졌다. 금방 열이 올라 얼굴이 붉게 변하고 숨소리가 거칠어졌다. 새로 바뀐 항암제 탓일까. 나는 방을 옮겨 실비의 간호를 이어갔다. 실리도 곁을 지키며 책을 읽고 물을 떠 오고 심부름을 하다가 잠들었다. 다행히 해열제가 잘 들었다. 나는 아이들 방에서 새벽 늦게 잠이 들었다.

1945

나오

 병원으로 들어오는 물자 보급이 조금씩 늦어지고 있었다. 전쟁 탓이었다. 전선은 태평양 건너까지 번질 기세였다. 정오에는 병원 스피커에서 황민화 선전 구호가 흘러나왔고 그에 맞춰 묵념이 이어졌다. 그보다 앞선 아침에는 동쪽을 향해 절을 했다.

 거리에 설치된 확성기가 울릴 때도 있었다. 공습 훈련이었다. 조선인을 대상으로 군속 모집이 시작되었고, 조만간 동원령을 공시하고 강제징집을 실시할 거라는 소문이 돌았다. 조선인은 누굴 위해 싸워야 할까. 나는 매일

저녁 퇴근을 앞두고 의약품과 집기의 수량을 점검하며 진료를 받지 못하는 이가 생기지 않도록 각별히 주의를 기울였다.

당직 근무로 병원에서 잘 때를 제외하고는 집에 먼저 들어오는 건 대개 나였다. 이층집에 도착해 불을 하나씩 켤 때마다, 어둠 속에서 머물던 무언가가 달아나는 듯한 기분이 들었다. 실제로 그림자가 서서히 복도 끝으로 물러나는 것을 본 적도 있었다. 분명 사람의 형상이었다. 키는 작았고 머리카락은 길었으며 소리 없이 걸었다. 이상했지만, 두렵지 않았다. 비타민 결핍이나 수면 부족으로 인한 일시적인 시신경 착란 현상으로 판단했다.

얼마간 나는 커다란 샹들리에 대신 촛불에 의지할 때가 많았다. 새로운 고요에 익숙해지기 위한 시간이 필요했다. 주로 연구 자료를 읽으며 저녁 시간을 보냈고, 깊은 밤 호숫가를 오르내리는 들짐승의 울음이 들릴 때쯤 다카히로가 자동차 배기음과 함께 귀가했다. 다카히로는 보통 늦은 밤에 돌아왔는데 출장을 떠나 집을 비우는 일이 잦았다. 특히 방직공장에 방화 미수 사건이 발생한 뒤로는 공장 운영에 더 몰두했고 점점 예민해졌다. 그날 저녁 다카히로는 방화 사건의 주동자가 보름 만에 잡혔으며 그가 조선인 항일 단체 소속이라는 사실을 퇴근 직전에 전해 들었다고 했다.

"조선인 중에 첩자가 있었던 모양이야. 내 돈이 그런 놈들 손에 들어갔다니, 생각만 해도 역겹군."

다카히로는 분개했다.

"불을 지른 사람이 직원이었다는 거야?"

"아직 몰라. 당사자가 아니더라도 친인척 중에 하나겠지. 더 조사해 보면 나올 거야." 다카히로가 이어서 말했다. "내일 아침에 곧장 서로 가봐야겠어."

나는 사람들이 더는 다치지 않기를 바랐다.

출산 직전까지 일하길 원했지만 뜻대로 되지 않았다. 두통이 심해질 때면 시야가 흔들렸다. 병원 복도와 병실에서 벽을 짚고 멈춰 서는 순간이 잦아졌다. 임신중독 증상이었다. 그즈음 병원은 조선총독부에 귀속된 뒤였다. 의약품을 배편으로 들여오기 위한 어쩔 수 없는 선택이었다. 임신 5개월 차에 접어들어 결국 휴직을 택하면서는 마음이 편치 않았다. 나는 원장 로제타에게 진료 차트를 전달하며 종이에 적히지 않은 환자들의 사정을 빠짐없이 설명했다.

쉬는 동안 증세는 조금씩 사라졌다. 나는 병원에서 가져온 논문을 반복해서 읽었다. 2층 침실 옆 작은 다다미방을 아이 방으로 꾸미기 시작한 것도 그때쯤이었다. 다카히로가 가져온 재봉틀을 방 한편에 놓았다. 배냇저고리부터 돌이 지나고 입을 옷까지 손바느질로 만들어 나갔다.

낮 시간에는 호수 주변을 거닐고 정원에 있는 나무도 돌보기 시작했다. 호숫가 지리에 익숙해지면서는 내친김에 수변을 따라 한 바퀴를 다 돌고 귀가할 때도 많았다. 중간에 산길이 있다고 해도 완만한 편이었고, 숨이 살짝 가빠질 정도로 걷는 건 안정에 도움이 되었다. 무엇보다 맞은편 플라타너스 아래에서 바라보는 호수 선경이 아름다웠다. 잔잔한 물살과 내리쬐는 햇볕과 반짝이는 빛이 일상을 가치 있는 것으로 윤색해 주고 질서를 만들어 주었다. 인가가 왜 이쪽 편에 조성되었는지 짐작이 갔다.

간혹 빨래 바구니를 이고 지나가는 마을 사람들을 만날 수 있었다. 사람들은 나를 조선인이라고 생각해 이런 저런 말을 붙였지만, 내가 알아들을 수 있는 말은 한정적이었다. 그들은 무언가 중얼거리더니 대화를 포기하고 돌아섰다. 마을에서 청림부인병원을 찾는 이는 거의 없어 보였다. 나는 간단한 조선말은 할 수 있었지만 병원에서와는 달리 하지 않았다.

그렇게 긴 산책을 마치고 돌아오는 날이면 집을 비운 사이 곳곳에 놓인 물건들이 조금씩 움직인 것 같다는 의심에 빠지곤 했다. 가지런히 놓여 있던 연구 논문이 낱장으로 흩어져 있었다. 재봉틀 의자에 접어두었던 천 조각이 펼쳐져 있었고, 재봉틀 몸체는 조금 전까지 작동했던 것처럼 따뜻했으며, 바늘은 천을 꿰다 멈춘 채로 매달려 있었다. 실 한 올이 바늘 끝에서 좌우로 흔들렸다. 그날따라 현관 쪽 마룻바닥이 유난히 울렸다. 계단은 불규칙하게 삐걱거렸고 복도 끝에서 기척이 느껴졌다. 분명 인기척은 없었지만 몸이 먼저 반응했다. 심장이 뛰고 손끝이 차가워졌다. 나는 아이의 방에서 창문 너머 정원을 바라보았다. 나뭇가지가 바람에 흔들리며 그늘이 이리저리 움직였다. 그때 계단 근처에서 마룻바닥이 삐걱거리는 소리가 두 번 연속으로 들렸다.

"다카히로?" 나는 숨을 삼키고 말했다. "……누구 계세요?"

방에서 나와 계단을 향해 걸었으나 그 이상의 인기척은 없었다. 계단을 밟고 내려서다가 더는 소리가 나지 않는다는 걸 알았다. 평소보다 많이 걸었기 때문일까. 환청도 임신중독의 증상이었던가. 나는 병원에서 가져온 철분제를 챙겨 먹고 낮잠을 청했다.

해가 지기 전 잠에서 깨자마자 달력을 확인했다. 음력 1월 15일, 정월대보름이니 다음 날이 귀신날이었다. 이것 때문일지도 모른다는 생각이 들었다. 경성에서 그날을 생각해 본 적은 없었다. 엄마도 귀신날에 대해 이야기한 건 두 번뿐이었다. 그럼에도 날짜를 잊지 않고 있었다. 엄마가 했던 말도 전부 또렷이 기억했다. 나는 엄마의 말을 떠올리며 마당에서 잡풀과 잔가지를 불태우고 신발을 모두 장에 집어넣었다. 귀신들을 쫓으려는 게 아니라, 집을 찾은 자들에게 자리를 내어주기 위해서였다. 여기로 와도 괜찮다는, 환영의 의미였다. 그들은 길을 잃은 게 아니라 다만 쉴 곳이 필요한 거라고 믿었다. 불꽃은 금방 꺼졌지만 연기는 한참을 머물렀다. 그 연기는 인체의 윤곽처럼 피어올랐다. 가늘고 길고 어깨를 숙인 누군가가 서 있는 듯했다. 두 손을 맞잡은 채 잠시 눈을 감았다. 기도는 아니었다. 한동안 떠올리지 못한 이름들을 가만히 되살렸다. 다음 날도 똑같이 했다. 변화는 없었지만 마음이 한결 놓였다.

휴직 후 두 달이 지나 철분제와 거즈, 항생제를 챙기기 위해 병원을 찾았을 때, 간호사가 약봉지와 함께 얇은 봉투 하나를 내밀었다. 낯익은 필체였다. 고타로였다.

"이분, 오랜만이네요?"

나는 봉투 겉면에 적힌 이름을 확인하며 고개를 끄덕였다.

"지난주에 왔어요." 간호사가 말했다. "누군지 여쭤봐도 돼요?"

"친구. 같이 공부했던 친구야." 입을 떼자 숨이 금방 가빠졌다. 나는 천천히 의자에 앉았다. "잠깐 쉬었다 갈게. 숨이 차네."

간호사가 나간 뒤 지난 편지에 답장하지 못한 게 기억났다. 이전 편지를 지난봄에 받았으니 1년 4개월 만의 편지였다. 시간이 많이 흐른 만큼 고타로의 글씨도, 내용도 지난 편지와는 사뭇 달랐다. 고타로는 살아 있는 이들이 죽어가는 과정을 기록하고 있으며 죽음에 이른 후 다시 살리는 방법을 연구하고 있다고 했다. 그 밖에도 고타로는 자신이 행한 실험 두 가지를 설명했다. 하나는 장기이식과 결합한 신체 이식술이었고 다른 하나는 전기 자극을 통한 생체리듬의 변화 연구였다. 편지를 읽는 동안 여러 차례 눈살이 찌푸려지는 대목이 있었다. 두 번째 장부터 실험과 관련된 대목은 눈으로만 훑어보고 넘겨버렸다. 왜 이걸 나에게 보냈을까. 고타로는 점점 잔혹해지는 인체 실험의 고충을 토로했다. 내가 눈여겨 읽은 대목은 인사말과 함께 써넣은 구절이었다. 거기에 고타로가 며칠 전 환영을 봤다는 이야기가 덧붙여져 있었던 것이다.

  우리는 그 사람을 분명히 죽였어. 죽이고 실험했는데, 그가 멀쩡히 살아 돌아다녔지. 복도를 거닐다가 내게 말을 걸고, 함께 술을 마신 뒤에 사라졌어. 이걸 부대에 알리면 내 머리를 실험대 위에 올리고 싶어 할지도 모르겠어. 이상하지. 내 머리에 무엇이 있을까, 나도 궁금해. 아니, 그게 두려운 건지, 궁금한 건지 모르겠어. 가끔, 우리가 본 걸 모두 꺼내놓을 수 있다면 좋겠다는 생각을 해. 아니면, 모두

다 잊어버리든가.

편지를 다 읽고도 한동안 자리를 지키고 앉아 있었다. 고타로가 있는 세계는 죽음을 해부하고 들여다보는 곳이었다. 그들의 관심사는 생명이 아니라 죽음이었다. 어떻게 인간은 죽는가. 매일 전쟁터에서 수천 명이 죽어갔다. 고타로는 여전히 사람을 살리고 싶다고 썼지만, 이제 그 말은 다르게 들렸다. 고타로의 행위는 치료가 아닌, 실험이었다. 고통에서 벗어나게 하는 치료가 아니라, 고통을 배양하고 증식시키는 실험이었다. 나는 손을 배 위에 얹었다. 아직 태어나지 않은 아이의 움직임이 느껴졌다. 고타로의 안위가 걱정됐지만 그와 나는 너무 먼 곳에 있었고 다른 삶을 살고 있었다. 나는 고타로에게 결혼과 임신 소식을 알렸다. 고타로가 마음의 안녕을 찾길 진심으로 바랐다.

나는 아이에게 일찍이 나츠夏라는 이름을 붙여주었다. 여름, 모든 것이 시작되는 계절. 입원한 지 사흘째 되는 날, 나츠와 대면할 수 있었다. 새벽까지 이어진 진통 끝에 실신 직전에야 아이가 태어났다. 나츠는 여자아이였고 내 몸속에서 2.8킬로그램까지 성장한 다음 세상에 나왔다. 다카히로는 실망한 기색이 역력했으나 나는 신경 쓰지 않았다. 나츠와 나는 병원에서 사흘을 더 보낸 뒤 집으로 돌아왔다. 다카히로가 하녀를 들이자고 했지만 나는 반대했다. 다른 이가 이 집을 관리하는 건 원치 않았다. 이 집의 주인은 나였고 그 사실은 나츠가 태어난 뒤에도 변하지 않았다. 도리어 집에 대한 애정은 더 커졌다. 내 배에서 나온 아이가 머물 장소이기 때문일까. 몸이 그렇듯 집도 관리하는 자의 소유여야 했다. 다른 누구의 것일 수 없었다. 나는 내가 할 수 있다고, 나츠를 돌보면서도 충분히 가능하다고 말했다. 그러니 다카히로 당신도 당신의 일을 하라고 일렀다.

나츠는 표준에 가까운 발달 속도를 보였다. 나도 나츠도 잠을 제때 이루지 못하는 날이 많았지만 나츠가 몸을 움직이고 울고 웃고 애를 쓸 때마다 벅찬 감정을 느꼈다. 또 때로는 감격과 불안이 교차했다. 나츠의 들숨과 날숨, 작은 숨결에도 예민해지곤 했다. 아이가 자는 동안에도 나는 쉬이 잠을 이루지 못했다. 내가 없는 사이 누군가 방에 다녀간 듯한 느낌이 들었다. 창문 틈이 어긋나 있고 기저귀 바구니가 옆으로 밀려 있었다. 몸은 서서히 회복되었으나 마음은 좀처럼 안정을 되찾지 못했다. 길게 잠을 이루지 못했고 여기저기에서 이상 신호가 전해졌다. 나츠를 돌보는 건 오롯이 나의 몫이었다. 다카히로는 밤늦게 돌아와 나츠의 자는 모습만 들여다보거나 잠든 나츠를 깨운 뒤 일방적으로 말을 쏟아낸 다음 칭얼거리는 아이를 내게 안기고 욕실로 사라졌다.

나츠는 나의 유일한 친구였다. 나츠와 함께 있는 동안 나는 종종 엄마를 떠올렸다. 내가 나츠를 어르고 달래고 지켜보는 시선과 엄마의 시선은 어떻게 같고 얼마나 달랐을까. 엄마는 이 시간을 어떻게 견뎠을까. 엄마가 있었다면 나았을까. 엄마는 할머니를 떠올렸을까. 숱한 질문들이 떠올랐다가 가라앉기를 반복했다.

나츠는 정오 직전 창문을 뚫고 들어오는 햇살을 좋아했다. 한 줄기 빛을 향해 손을 뻗기도 하고 그것을 손에 쥐어보려 하기도 했다. 멀리서 보면 그냥 버둥거리는 것처럼 보였지만 나츠의 입장에서는 도전이자 명확한 시도에 가까운 행동이었다.

"뭘 잡고 싶은 거야? 나츠."

정오가 지나 나는 아이를 포대기에 싸서 업고 마당에 나가 정원을 거닐었다. 따사로운 햇살은 아이를 단잠에 빠뜨렸다. 나츠를 2층 방에 눕히고 나면 잠시 휴식을 얻었다. 평소였으면 나츠 옆에 누워 함께 잠들었을 테지만 그날은 달랐다. 미뤄두었던 일을 해치울 셈이었다.

정원 안쪽 느티나무에 가져다 두었던 나무판자와 밧줄을 찾았다. 그네를 만들 작정이었다. 먼저 밧줄 두 개를 판자 양쪽 끝에 단단히 매었다. 의자를 끌어와 수평을 맞춰가며 밧줄을 묶은 뒤 힘을 가했다. 워낙 거대하고 뿌리가 깊게 박힌 나무라 미동조차 없었다. 나는 왼손과 오른손에 밧줄을 하나씩 붙잡고 판자에 걸터앉은 채 두 다리를 지면에서 서서히 떼었다. 묶었던 여러 개의 매듭이 단단히 죄어드는 게 느껴졌다. 수평은 절묘하게 유지됐다. 나는 조심스럽게 발을 구른 뒤 두 발을 떼었다. 아주 잠깐이지만 공중에 떠오르는 기분을 느꼈다. 느티나무는 흔들리지 않았다. 나뭇가지에 앉아 있던 까치 한 마리가 조용히 날아올랐다. 나는 그대로 잠시 떠 있었고 아래는 일순 평화로웠다. 조금 더 앉아 있다가 일어섰다. 하루빨리 나츠가 그네를 타는 날이 오기를 바랐다.

손을 씻고 차를 한 잔 끓여 마신 뒤 기저귀를 빨아 널고 2층에 올라갔을 때도 나츠는 내가 눕혀준 자세 그대로 잠들어 있었다. 그런데 옆에 눕자마자 나츠가 칭얼대기 시작했다. 질끈 눈을 감고 다시 잠들길 기다렸지만 울음이 쉽사리 멈추지 않으리라는 걸 알았다. 자신이 자는 동안 어디 갔었느냐고 원망하는 것만 같았다.

시간을 과거로 돌릴 수 있다면, 나는 그날로 돌아갈 거라고 오랫동안 생각했다. 아침부터 했던 모든 일을 하지 않고, 그와는 정반대로 움직이며, 전혀 다른 일을 할 거라고. 아이를 데리고 정원에 나가지 않을 것이고, 홀로 낮잠을 재우지 않을 거라고. 그네를 설치하고 차를 마시지도, 기저귀를 빨지도 않을 것이며, 무엇보다 나츠가 깨었을 때 바로 일어나 꼭 껴안고 젖을 물릴 거라고. 그러나 시간은 붙잡을 수 없었고, 단 1초도 되돌릴 수 없었다. 나는 나츠의 마지막 숨소리를 기억하지 못했다. 잠에서 깼을 때 방 안은 유난히 고요했다.

나츠는 다음 날 아침 돌연사했다. 세상에 태어난 계절인 여름이 다 지나기도 전이었다. 나는 눈을 뜨자마자 나츠가 숨을 쉬지 않는다는 걸 깨달았다. 황급히 인공호흡을 했다. 코와 입에 숨을 불어넣었다. 아이의 작은 가슴을 조심스럽게 눌렀다. 당혹스러움과 간절함 때문에 호흡을 조절하기 어려웠으나 이내 냉정을 되찾았다. 인공호흡을 여러 번 반복한 뒤에도 반응이 없자 심장을 압박하는 강도를 높였다. 연약한 갈비뼈가 으스러지는 게 느껴졌다. 다카히로를 깨워 병원으로 향했다. 아이의 몸은 싸늘했고, 입술 끝이 파랗게 질려 있었다. 더는 외면할 수 없었다. 숨이 멎은 지 한 시간은 족히 지났을 것이다. 회생의 가능성은 없었다. 차에 타자마자 그 사실을 알았다. 전날 낮에 허공에 손을 뻗던 나츠가 떠올랐다. 그건 아이가 잡으려던 생명이었다.

"돌아가자." 내가 말했다. "죽었어."

"죽었다고?" 다카히로가 차의 속도를 서서히 줄이며 말했다. "그래도 병원에 가면 뭔가 할 수 있는 게 있지 않을까?"

"늦었어."

나는 나츠를 바라보며 말을 잇지 못했다. 다카히로는 핸들을 틀어 왔던 길을 되돌아갔다.

진료 중에 아이를 잃은 엄마를 만난 적이 있었다. 폐

질환, 홍역 같은 질병부터 익사나 낙상 같은 사고사도 많았으나 대부분은 아이가 왜 죽었는지 몰랐다. 그걸 알고 싶어서 온 이들도 있었다. 그들은 아이를 묻고 넋이 빠진 채로 병원에 왔다. 다른 이들에게는 말 못 한 고통을 내게 털어놓는 환자들이 적지 않았다. 나는 그들의 잘못이 아니라고 했지만 내심 보호자로서 세심하게 아이를 지켜봤다면 아이가 살아 있을 가능성에 대해 타진해 보곤 했다. 그 의구심을 고스란히 내가 감당할 차례였다.

다카히로는 가옥 옆에 쌓아두었던 나무판자를 꺼내 관을 만들었다. 불과 몇 시간 전 내가 만들었던 그네와 같은 목재를 사용했다. 망치질 소리가 울릴 때마다, 내 몸 어딘가에 못이 박히는 것 같았다. 제일 먼저 손등, 그다음엔 발목, 다음은 어디일까. 쿵, 쿵, 소리에 맞춰 심장이 한 칸씩 내려앉았다. 몸과 마음이 동시에 크게 떨렸다. 조용히 웅크리고 있는 나츠의 몸과, 단단히 짜이는 나무 관의 틈 사이로 '엄마'라는 두 음절이 빠져나갔다. 가만히 앉아 있을 수 없었다. 나는 나츠를 안고 정원으로 나갔다. 햇살은 여전했다. 나츠가 좋아하던 볕이었다. 포대기로 감싼 나츠를 의자 위에 올려두고 느티나무 옆 그네에서 한 걸음 떨어진 곳에 땅을 파기 시작했다. 볕이 가장 잘 드는 곳이었다. 움직일 리도 없는데 나츠가 떨어질까 걱정되어 의자 위에 놓인 나츠를 바라봤다. 다섯 뼘 정도 되는 너비로 무릎 높이까지 파 내려갔다.

나는 나츠를 관 속에 집어넣고 마지막으로 손등으로 아이의 뺨을 어루만졌다. 온기가 느껴졌지만 햇볕을 받아 그렇다는 걸 알았다. 다카히로가 관 뚜껑을 덮고 못질을 했다. 나츠를 묻은 뒤엔 흙을 덮었다.

며칠 내내 해가 떠 있는 동안 그곳을 지켰다. 그리고 다카히로에게 비석을 세우고 싶다고 말했다. 다카히로는 반대했다.

"그쯤 해, 나오. 계집아이야 또 낳으면 되지. 언제까지 그러고 있을 거야." 다카히로는 공장으로 향하던 발걸음을 멈추고 말을 이었다. "그러니까, 내 말은…… 당신, 병원에 돌아가는 건 어때? 다시 아이를 갖기 전까지 말이야."

"……나츠야." 나는 돌아서는 다카히로의 등에 대고 말했다. 다카히로가 문을 나설 때 구체적인 살의를 느꼈다. 끓어올랐던 마음은 급격히 식었고 믿기지 않을 만큼 단단해졌다.

1943년 여름부터 그해 초겨울까지 나는 수면제를 구하기 위해 두 차례 병원을 다녀오는 것 외에는 내내 집에 머물렀다. 때로는 내가 그림자가 되어버린 것 같았다. 나츠의 자취가 묻어 있는 모든 곳에서 아이의 울음소리와 몸을 뒤집기 위해 애쓰던 소리, 잠들었을 때 새근거리던 호흡, 그리고 정수리와 발바닥에서 나던 특유의 냄새까지 그 모든 것이 순차적으로 느껴졌다. 그건 기억이 아니었다. 바로 지금, 이 방 안 어딘가에서 들리고 맡아졌다. 나츠의 냄새, 숨결, 몸짓 모든 것이 여기 남아 있었다.

잠들지 못해 병원에서 약을 구해 왔다. 불면증과 신경쇠약 환자에게 처방하는 아미탈이었다. 약병은 깊은 서랍 속에 감춰두었다. 나는 작은 유리병을 꺼내 뚜껑을 열었다. 포르말린과 알코올, 그리고 금속성 냄새가 뒤섞여 났다. 캡슐 하나를 손바닥 위에 올려놓고 잠시 바라보다가 삼켰다. 목구멍을 지나며 쓴맛이 역하게 올라왔지만 개의치 않았다. 혀끝에 남은 잔향은 오래도록 사라지지 않았다. 곧 어깨가 내려앉고 정신이 뿌연 안개 속으로 미끄러져 들어갔다. 몇 시간만이라도 모든 소리를 끊어내고 싶었다. 빛이 일렁이고 그림자가 아른거리다가 깜빡이는 순간 잠이 들곤 했다.

또 어느 날은 살아 있는 나츠를 묻었다는 착란에 빠졌다. 온기가 있었어. 정신을 차려보니 마당이었고 두 손에는 흙이 가득했으며 손끝에서 피가 흘렀다. 기온이 영하를 맴돌던 어느 밤에는 호수로 향하는 형체를 보았다. 키가 작았는데 걷는 모습이 낯설지 않았다. 나는 그것이 나츠라고 생각하지 않았다. 그럴 수 없었으니까. 나는 나츠가 걷는 걸 본 적이 없다. 그럼에도 나는 믿었다. 그 애가 나를 부르는 것 같아서, 발이 먼저 반응했다. 그때는 만약이라는 말이 가장 끔찍한 단어였다. 만약 지금 멈추지 않으면, 만약 이걸 놓치면…… 그 작은 아이가 걷기는커녕 기어가기도 힘들 텐데.

나는 나츠를 따라잡기 위해 맨발로 뛰쳐나갔다. 그렇게 도착한 곳은 호수였고, 정신을 차려보니 호수 한가운데에 있었다. 호수와 땅이 맞닿은 면이 얼어붙을 만큼 추운 날씨였다. 나츠는 보이지 않았다. 몸이 덜덜 떨리기 시작했다. 비로소 고통이 느껴졌다. 영하의 날씨에 온몸이 젖은 채 집으로 걸어온 나를 목격한 다카히로는 나를 보고도 못 본 척했다. 대신 이튿날부터 하녀 하나를 상주시켰다. 실제로 그 무렵 나는 집에서 더 자주 환영을 보았다. 체구가 작고 흐릿해서 제대로 식별할 수 없었지만, 내가 알던 사람들은 아니었다. 느티나무 근처에서만 활보하던 환영은 나와 눈을 맞추고는 서서히 집 안으로 들어섰고 아이의 방에서도 나타났다.

  나는 뒤늦게 고타로의 편지를 떠올렸다. 그리고 나츠의 숨이 멎었을 때 아무것도 하지 못한 것을 후회했다. 온기가 있었다. 무엇이든 했어야 했다. 품에 두었던 생명조차 어쩌지 못한다면 내가 배우고 행하는 의술이란 과연 무엇일까, 나는 생각했다. 고타로의 편지 속 죽음과 생명을 넘나들던 그 문장을 떠올렸다. 죽음과 삶 사이, 우리가 보았던 환영들. 우리는 분명히 죽였는데…… 살아서 말을 걸었어. 그 말은 고타로가 내게 남긴 예언이었을까.

2025

수현

다음 날 아침 실비는 다소 수척해 보였으나 괜찮다고 말했다.

"몇인데?"

잠에서 깬 실비의 이마를 손으로 짚으며 내가 물었다.

"3."

실비가 누운 채로 고개를 끄덕였다. 실비는 자신의 통증을 숫자로 말하는 법을 익힌 뒤 딱 한 번 9라고 말한 적이 있었다. 백혈구 수치가 급속도로 떨어져 위험한 수준이었다고 의사는 말했다. 전에 없던 통증과 항암 치료가 이어졌다. 실비에게 곧 나아질 거라고 말했으나 회복 속도는 더디기만 했다. 나는 실비에게 거짓말을 해야 했다. 금방 괜찮아질 거야. 지금 아픈 것만 지나면 다 괜찮을 거야. 실비에게만 하는 말이 아니었다. 나 자신에게 하는 말이기도 했다. 이번에 퇴원하면 다시는 병원에 오지 않아도 돼. 실비는 고개만 끄덕일 뿐 별다른 반응이 없었다. 그것도 내가 듣고 싶은 말이었다. 괜찮아, 곧, 이것만 지나면, 퇴원할 수 있을 거야. 매번 거짓말을 하는 쪽은 나였다. 실비가 감압 병동에서 나와 일반 병실로 이동한 이튿날부터 자정 무렵이면 나를 향한 험담이 들렸다.

"애는 사경을 헤매는데, 자고 있더라니까?"

"저 어린 게 무슨 잘못이야."

목소리는 하나가 아니었다. 같은 말이 반복됐다. 나는 침상 주변의 커튼을 하나씩 젖히고 주변을 살폈다. 병실은 고요했고 복도에는 아무도 없었다. 간호사들은 오히려 나를 경계했다.

그 후로 실비는 언제 퇴원할 수 있는지 내게 묻지 않았다. 나는 잠든 실비가 깨어나길 기다렸다가 눈을 뜨면 아침 인사를 건넸다. 병원에서 실비는 숫자로 인사했다. 자신의 몸과 대화를 나누듯 침묵하다 숫자를 말했고, 그 숫자는 의사의 진단과 거의 일치했다. 담당 의사가 퇴원을 준비하자는 말을 꺼낸 날, 실비는 입원 후 처음으로 3이라고 답했다.

 온도계를 가져와 실비의 체온을 확인했다. 열은 내렸지만 무리한 활동은 당분간 자제하는 게 좋을 것 같았다. 어디서든 놀거리를 궁리해 찾아내지만 여전히 심심해하는 아이들을 위해 어젯밤 발견한 편지의 내용을 설명해주었다. 내가 하나를 말하면 대답은 두 개로 나뉘었는데 각각 실비와 실리의 목소리였다.

"그 편지는 만주에서 왔어."

"우와."

"만주?"

"응. 중국 땅이야."

"멀리서 왔네."

"배를 타고 왔나?"

"이 집으로 온 편지가 아니더라고."

"진짜?"

"우체부가 잘못 배달한 건가?"

"경성이라고, 예전에는 서울을 경성이라고 불렀거든. 경성에 있는 병원으로 보낸 편지인 거 있지? 오카다 나오라는 사람한테."

"경성?"

"다른 나라 사람이야?"

"응. 그런 거 같아."

"왜 여기 있었을까?"

"신기하다."

"편지를 받은 사람이 여기 살아서?"

"정말?"

"보낸 사람이 아니라?"

"편지는 쓴 사람이 아니라, 받는 사람이 간직하는 거잖아."

"음…… 안 보냈을 수도 있잖아."

"나는 아무도 안 줄 거야. 내가 가질래."

"여기 우표를 봐봐. 도장이 찍혀 있지? 편지를 보냈다는 뜻이야. 우체국에서 여기에 도장을 찍거든."

실비와 실리가 고개를 끄덕였다.

"오, 여깄다."

"여기 살았었나 보네."

나는 말없이 고개를 끄덕였다.

"아니면, 놀러 왔나?"

"다음에 병원 갈 때 편지를 가져가자."

"왜?"

"왜냐하면…… 같은 의사 선생님이잖아."

"물어봐야지."

"너무 옛날이잖아. 의사 선생님도 모를 거 같은데? 엄마가 더 연구해 볼게."

아이들은 고개를 끄덕이며 내게 편지를 건넸다.

어젯밤 제때 잠을 이루지 못한 아이들은 점심을 먹고 낮잠에 빠졌다. 나는 응접실 문 앞에 서서 방 구석구석을 살폈다. 편지가 있을 만한 곳을 찾았다. 정원 쪽으로 뻗어 나와 있는 이 각진 공간은 집의 분위기를 이국적으로 만들어 주었다. 아이들은 주로 벽면에 놓인 소파에 앉아 이야기를 나누고 책을 읽었다. 정원이 마주 보이는 곳이었다. 그 위로 4미터에 육박하는 천장에는 거대한 샹들리에가 달려 있었다. 처음에는 떼어내려고 했지만 결국 그대로 두었다. 낮에 보았을 때는 어울리지 않게 육중하고 낡아 보였던 샹들리에가 날이 어두워져 불을 밝히자 은은한 푸른빛이 감돌았기 때문이다. 화려하진 않지만 공간과 어울리는 매혹적인 색이었다. 마치 뿌리를 하늘로 향한 거대한 활엽수가 천장에 매달려 있는 듯했다. 실비와 실리가 먼저 감탄했다. 우리는 철거 계획을 취소한 뒤 전구를 교체하고 얼기설기 펼쳐진 거미줄을 제거했다.

샹들리에 아래 커다란 러그를 깔고 소파 두 개와 협탁을 놓았다. 가구를 배치한 뒤 규호와 나란히 앉아 푸른색 불빛 아래에서 차를 한 잔 나눠 마셨다. 규호를 처음 만났을 때를 떠올렸다.

상담사로 일할 때였다. 규호는 심한 위염 때문에 내과에 갔다가 외려 기면증의 심각성을 인식했고, 의사로부터 전문 상담사의 도움을 받으라는 처방을 듣고 내가 일하던 상담소를 방문했다. 두 번째 방문에서야 규호는 자신의 이야기를 꺼냈다. 갑작스럽게 병원에 입원하게 된 엄마와 친척 집에서 머물렀던 그 여름의 일이 유년기의 깊은 트라우마로 남아 있었다. 규호가 교도관으로 일하며 겪는 어려움은 그때의 일과 관련이 깊었다. 불안과 공포. 상실과 후회. 모두 그 시기에 집중되었다. 규호는 상담 시간 대부분을 그 일을 회상하는 데 썼다. 그래서일 것이다. 연애를 시작하면서는 과거 이야기를 거의 꺼내지 않았다. 나 역시 내담자와의 상담 내용을 구태여 담아두지 않았는데, 규호와 우연히 다시 만난 건 그로부터 2년여가 지난 뒤여서 우리 사이에는 이전에 상담사와 내담자로 마주했던 사실만 남아 있던 셈이었다.

아이들을 낳고 실비가 아프면서 상담사로의 복귀 시점을 놓치고 말았다. 다시 일하고 싶었다. 이사를 준비하는 내내 생각했다. 청림에서라면 시도해 볼 수 있지 않을까. 나는 정리가 끝난 응접실 소파에 앉아 그 문제를 꺼냈다.

"일, 시작하려고."

"아직 이르지 않아? 실비 병원도 가야 하고."

"바로 하겠다는 건 아니고."

나는 한발 물러섰다. 규호의 그 눈빛을 보았기 때문이다. 모든 걸 상대 탓으로 돌리는 그 표정. 규호가 나를 바라보는 시선 중에는 그런 게 있었다. 나를 다른 존재로 인식했다. 저거. 저것. 완벽한 타인. 보이지 않는 무언가. 혹은 자신의 그림자. 나는 두렵고 불편하고 불쾌한 것. 그 모든 감정의 숙주가 된 기분이었다. 우리가 살았던 모든 집 한편에는 어딘가 새까만 감정이 고여 있었고 그것들의 주인으로 항상 내가 지목됐다.

낮 동안 이 집을 상담소로 쓸 수 있겠다는 생각을 떨칠 수 없었다. 실비가 건강을 되찾고 내년에 초등학교에 입학하게 되면 천천히 준비해 볼 생각이었다. 그러니 가장 중요한 건 실비의 완전한 회복이었다.

실리가 편지를 발견했다는 책상을 유심히 살폈다. 의자 대신 바닥에 앉아서 반들반들한 책상 옆면에 손을 갖다 댔다. 집 안 전체의 빛깔과 어울리는 적갈색 책상이었다. 붙어 있는 벽면에 불에 그을린 흔적이 있었지만, 사용하는 데는 지장이 없었다. 의자만 바꾸고 처음 그 자리에 그대로 두었다. 책상 왼편에는 서랍 두 개가 달려 있는데 처음부터 열려 있었다. 첫 번째 서랍에는 책 한 권이 들어 있었고, 두 번째 서랍은 비어 있었다. 규호는 책상도 버리는 게 어떠냐고 말했지만, 나는 처음 본 순간부터 그 책상이 마음에 들었다. 책상은 내 차지가 되었고 규호는 사용하지 않았다. 책상 서랍에는 이 집을 취득하고 수리하며 발생한 온갖 서류와 영수증을 모아두었다. 누군가 이 집의 소유권을 주장한다면 이 서랍을 열면 된다고, 종이가 쌓일 때마다 나는 생각했다.

두 번째 서랍을 끝까지 열었다. 서랍이 밖으로 빠지지 않아서 최대한 끌어당겨 들어 있던 물건을 모두 끄집어낸 뒤에야 서랍 아래 칸과 밑바닥 사이 5센티미터 정도 뜬 공간이 있다는 걸 알았다. 펜으로 노크하듯 바닥을 두드리자 통통 소리가 났다. 손가락으로 가운데를 꾹 누르니 바닥이 살짝 들썩였다. 손바닥을 바닥에 밀착시켜 여러 방향으로 밀어봤지만, 가로막고 있는 나무판은 꿈쩍도 하지 않았다. 나는 공구함을 들고 와 쓸 만한 도구를 골랐다. 송곳으로 패널에 작은 구멍을 낸 뒤 펜치로 틈을 벌려 뜯어냈다. 숨어 있던 공간이 보이기 시작했다. 실리가 발견했던 것과 비슷한 편지봉투가 보였고 그 아래에 색이 바랜 노트가 있었다. 나는 편지와 노트가 훼손되지 않도록 큼지막한 구멍을 냈다. 책상이 완전히 부서지는 건 아닐까 걱정됐지만 그 순간만큼은 분초를 다투는 긴급한 상황처럼 느껴졌다. 얇은 막 같던 나무판이 거칠게 쪼개지며 비명을 질러댔다.

편지는 모두 네 통으로 필체는 같았다. 니시무라 고타로가 쓴 편지임을 짐작할 수 있었다. 노트는 한 권이었고 끝에 몇 페이지를 제외하고는 한자와 히라가나가 세로로 빼곡하게 적혀 있었다. 편지와 노트에 적힌 글씨가 서로 다른 필체라는 걸 단번에 알아챘다. 종이는 마모되고 글자는 색이 바래고 희미해졌지만, 편지에 비해 노트에 적힌 글씨는 획이 곧으면서도 날렵했다. 상당히 오랜 시간 서랍에 보관되어 있던 걸 알 수 있었다. 누군가의 손도 타지 않고, 비에 젖지도 않고, 불에 그을리지도 않은 채로 말이다. 그렇다면 노트 속 문장을 적은 곳은 이 책상이 아니었을까. 나는 책상 표면을 매만지며 펜촉이 종이에 닿을 때 나는 소리를 떠올렸다. 그 소리의 주인공은 아마도 오카다 나오였으리라.

그러던 중 누군가의 시선이 느껴졌다. 응접실로 들어오는 복도, 아니면 정원이 내다보이는 창문? 나는 노트를 든 채로 자리에서 일어나 주변을 살폈다. 그때 바닥으로 무언가 툭 떨어졌다. 편지였다. 노트 중간에 다른 편지와는 달리 주소가 반대로 적힌 편지가 껴 있었다. 수신자와 발신자가 반대였다. 보내는 사람이 오카다 나오, 받는 사람이 니시무라 고타로였다. 나오가 적은 주소가 어쩌면 이 집일지도 모르겠다고 생각하며 눈으로 읽어 내려가는

데 청림靑林이란 한자가 눈에 띄었다. 그 뒤로 따라붙는 몇 개의 글자와 숫자는 해독이 어려웠다. 나는 노트와 편지를 책상에 가지런히 올려놓은 뒤 잘게 부서진 나무조각과 파편을 정리하기 시작했다.

곧이어 아이들의 웃음소리가 들렸다. 자리를 정리하면서 홈 카메라 화면을 확인했지만 아이들은 보이지 않았다. 안에서 들리는 소리가 아니었다. 창밖을 내다보니 실비와 실리가 서로를 쫓고 있었다. 그런데 한 명이 더 있었다. 아이들보다 키가 한 뼘은 큰 여자아이. 어떻게 들어왔지? 집 정원에 다른 아이가 들어온 건 처음 있는 일이었다. 아이들은 집 쪽은 쳐다도 보지 않고 쉼 없이 웃으며 달렸다. 나는 바닥에 떨어진 나무 거스러미가 없는지 확인한 뒤 공구함을 제자리에 두고 현관문을 열어 아이들을 확인했다. 정원 가운데에서 느티나무를 향해 손을 흔드는 아이들의 모습이 보였다. 나는 몸을 틀어 느티나무 뒤편을 살폈으나 아무도 보이지 않았다.

"누가 왔어?"

"응. 근처 사는 언니."

"언니?"

"응. 우리보다 나이가 많아."

"그 언니, 여기에 산대."

"말투가 되게 재밌어."

"막 일본말도 하던데."

"내가 못 알아듣겠다고 하니까."

"너 조선 사람이구나, 그랬어."

"자기가 쓴 건 일본말이랬어."

"우리가 일본 사람인 줄 알았대."

"근처에 산다고?"

"응. 근처에 살아서 여기 자주 온대."

"우리를 쭉 지켜봤다던데?"

"이름은? 이름도 물어봤어?"

"음. 명숙. 성은 모르겠고, 명숙이랬어."

"명숙 언니."

"근데 어디로 갔어?"

"집으로."

"다음에 또 온대."

나는 느티나무 뒤편 울타리에 난 좁은 틈을 보며 산짐승이 내려오지 않을까 걱정했던 게 생각났다. 다만 그 길이 어디로 뻗어 나가는지 알지 못했다.

본격적으로 노트를 읽기 시작한 건 그날 밤이었다. 번역기를 사용해 한 문장씩 해독했다. 노트는 예상대로 나오가 남긴 것이었다. 나오는 이 집의 첫 번째 주인이었다. 나오의 일기장을 발견한 이후로 나는 주방에서 차를 준비하고 청소를 하면서, 그리고 아이들에게 그림책을 읽어주면서도 그녀를 생각했다. 나오가 다카히로의 청혼을 받아들인 장소, 자신의 어머니를 추억한 공간이 정말로 이 집인 걸까. 이 집에서 나오는 얼마나 살았을까. 노트와 편지 중 무엇을 먼저 읽어야 할지 고민하던 나는 노트를 펼쳤는데, 그러길 잘했다는 생각이 들었다. 이 집은 나오의 것이었으니까.

나오가 고타로에게서 온 편지를 읽었다는 내용이 등장할 때, 나도 나오처럼 고타로의 편지를 펼쳤다. 두 번째 편지도 첫 번째 편지처럼 반듯하게 접혀 있었다. 고타로의 편지는 대개 나오가 결혼한 이후 보내온 것이었다. 그래서 숨길 필요가 있었을까. 나오의 기록을 모두 믿는 건 아니었다. 사람은 자신의 일기에도 거짓말을 쓰는 법이니까. 그렇다면 어디까지가 진실이고 어디까지가 거짓일까. 무엇이 환상이고, 무엇이 실재하는 것일까. 나는 노트를 계속 읽어 내려갔다.

끼이익. 집 안 어딘가에서 낯선 소리가 들렸다. 미세한 진동과 함께였다. 경첩이 마모될 때 나는 소리 같았지만, 이사를 오고 나서는 한 번도 들어본 적 없는 소리였다. 이 집의 모든 문은 미닫이였기 때문이다.

나는 읽고 있던 페이지를 표시한 뒤 2층 아이들 방부터 침실까지 집 곳곳을 살폈다. 아이들은 깊이 잠들어 있었고, 규호는 귀가 전이었다. 마지막으로 창고 문을 열고 전등을 켰다. 집 안은 평소보다 습했다. 아무도 없었다. 바깥에서 인기척이 들렸다. 응접실 창가에 달린 커튼 틈으로 정원을 바라보며 어둠에 잠긴 정원을 한 칸씩 포착했다. 바람을 따라 수풀과 나뭇잎이 가지째 흔들렸다. 나는 손전등과 현관 신발장 서랍 속 전기 충격기를 꺼내 들었다. 규호가 마련해 둔 것이었다. 현관문을 열고 천천히 몸을 빼내듯 빠져나왔다. 느티나무까지 다다라 뒤편 울타리와 문 쪽에 눈길을 두었다. 손전등을 끄고 주위를 살폈다. 불어오는 바람에 익숙해지자 정적이 스며들었다. 그곳에서 집을 바라보고 섰다. 나오가 느꼈다는 정취를 느끼지는 못했다. 그건 나오의 것이었다. 아이들이 깨지 않게 조용히 집 문을 열고 들어왔다.

잠시 뒤, 정원 안으로 옅은 엔진 소리를 뱉어내며 규호의 차가 진입했다. 나는 나오의 일기장을 서랍에 집어넣고 규호를 맞이했다. 규호는 지쳐 보였다. 청림교도소에 자신과 다퉜던 재소자가 이감되어 왔다고 말했다. 나는 분리 조치를 해야 하는 게 아니냐고 물었지만 규호는 고개를 저었다. 그냥 아무도 모르는 편이 낫다고 했다. 그러는 편이 나아. 규호는 다짐하듯 계속 혼잣말을 중얼거리며 욕실로 걸어갔다. 집으로 들어설 때부터 규호는 누군가를 의식하고 있었다. 마치 상대와 눈을 맞추려는 듯이. 누굴까? 분명한 건, 규호가 마주 본 그 눈동자는 내 것이 아니었다.

1995

규호

 적산가옥은 아랫마을에서 북쪽 산길을 따라 2킬로미터쯤 올라간 지대에 자리했다. 그 사이에 청림호가 있었다. 예전에는 이곳을 윗마을이라고 불렀지만, 이제는 아무도 살지 않는다고 했다. 적산가옥으로 향하는 길목에서 경태를 만났다. 이른 오후였지만 하늘은 무겁게 드리운 먹구름으로 가득 차 있었다. 경태는 허둥지둥 신발 끈을 묶으며 뒤늦게 도착했고, 할머니 몰래 부적 뭉치를 숨겨 왔다며 내게만 슬쩍 보여주었다. 신단에서 닥치는 대로 집어 온 건데 그래도 효과는 있을 거라며 자랑했다. 그러는 동안 현필은 철조망이 걸린 담벼락 근처를 살폈다.

적산가옥은 우리의 키보다 더 높은 시멘트 담장으로 둘러쳐져 있었다. 담 너머로 뻗은 느티나무 가지와 검붉은 기와지붕 아래로 일본식 주택의 외벽이 언뜻 드러났다. 오래된 진회색 철제 대문은 굳게 닫혀 틈을 보이지 않은 채 단단하게 다물려 있었다.

현필이 대문 창살을 잡고 흔들어 보았지만 꼼짝도 하지 않았다.

"비밀 문이 대체 어딨다는 거야?"

"여기." 경태가 담장 위로 손을 뻗더니 힘을 주어 그 위에 올라섰다. "기다려 봐. 열어줄게."

경태는 도움닫기 뒤에 날쌔게 담을 타고 넘어갔다. 담 너머로 사라진 경태가 대문 걸쇠를 풀자 쇠가 긁히는 소리가 나며 문이 열렸다. 현필과 현성이 먼저 문턱을 넘어 들어섰고 나는 대열 마지막에 합류했다. 담장 안쪽에는 집 못지않은 너른 마당이 펼쳐져 있었다. 입구 가까이에는 담과 맞먹는 높이의 돌탑이 우뚝 서 있고, 그 옆에는 커다란 느티나무 한 그루가 자리를 지키고 있었다. 그 뒤로 형태와 크기가 다른 석등 세 개가 세워져 있었다. 불을 피운 흔적은 없었다. 등 위에 누군가 올려놓은 돌멩이가 보였다. 이끼가 슬고 조각이 떨어져 나간 흔적이 남아 있었다.

그때, 멀리서 총소리가 들렸다. 정수리 위로 새 십수 마리가 날아오르더니 삽시간에 모습을 감췄다.

"또 뭐야?"

주변을 두리번거리는데 연이어 총소리가 들렸다. 이번에는 더 근접한 거리였다. 흙과 작은 돌멩이가 눈앞에서 튀어 올랐다. 화약 냄새도 나는 것 같았다.

"아, 씨발. 뭔데?"

우리는 귀를 감싸며 어깨를 움츠리고 고개를 숙였다. 현성이 현관문 손잡이를 잡고 돌렸지만 꿈쩍도 하지 않았다. 이어서 집 쪽으로 걸음을 옮긴 경태가 현관 앞에 말라비틀어진 화분을 들어 올리자 녹이 슨 열쇠가 나타났다.

"그게 돌아가겠냐?"

현필이 등 뒤에서 말했다. 경태가 열쇠를 현관문 구멍에 넣고 돌리자 달칵, 문이 열렸다. 현관 아래 널브러진 폴리스라인을 지나 집 안으로 들어선 우리는 사전에 약속이라도 한 듯 말이 없었다. 불에 그을린 외벽과 깨진 유리창이 집을 감싸고 있었고, 등 뒤에서 서늘한 바람이 불어왔다. 손전등을 들고 선두에 선 현필이 조심스럽게 발을 내디뎠다. 발밑에서 삐걱 소리가 나며 어두운 내부가 천천히 모습을 드러냈다. 집 안은 숨 막힐 듯 캄캄했다. 저마다 손전등을 꺼내 들고 한 발씩 안으로 들어섰다. 첫 방문이었지만, 이상하게도 이 집이 낯설게 느껴지지 않았다. 나만 그렇게 느끼는 건 아닌 것 같았다.

나는 검은 물속으로 잠영하듯 집 안으로 들어갔다. 공기가 한층 무겁게 느껴졌다. 오래 고여 있던 먼지가 몸을 감싸듯 일렁이다가 순식간에 가라앉았다. 더 이상 총소리는 들리지 않았다. 적막이 내려앉은 곳에 충격 대신 누군가의 가느다란 숨소리만이 번갈아 가며 들릴 뿐이었다. 누구도 입을 열지 않았다. 실내는 몹시 어두웠다. 길게 뻗은 복도와 방 내부를 둘러보았다. 현관 옆 넓은 공간 안쪽에 의자와 책상이 놓여 있었다.

"여기가 응접실."

천장에 샹들리에를 손전등으로 비추며 경태가 말했다. 어떻게 아느냐고 묻고 싶었지만 선뜻 말이 나오지 않았다. 그곳 한쪽 벽면에 가로로 긴 유리창이 나 있었다. 마당에 있는 느티나무가 정면으로 보였다. 나뭇가지가 무성했고 잎이 거의 달려 있지 않았다. 안에서 보니 정원에서 마주쳤을 때와는 다른 인상이었다. 죽은 나무처럼 말라 보였다. 벽 상단 모서리에 거미줄, 아래쪽에는 라디에이터가 있었다. 응접실 옆에는 작은 주방이 있었고, 복도 끝에는 2층으로 올라가는 가파른 나선형 계단이 보였다. 한데 모여 있던 우리는 작전이라도 펼치듯이 순식간에 흩어졌다. 현필은 다시 응접실로 향했고, 현성은 주방 쪽으로, 경태는 계단 옆 작은 방으로, 대열 끝에 서 있던 나는 아무도 가지 않은 나선형 계단을 밟고 위층으로 올라갔다.

계단참에 올라서자 다다미방이 보였다. 계단을 디딜 때마다 삐걱거리는 소리가 정적을 가르며 울렸다. 손전등 불빛 아래로 먼지가 부유하며 흐릿하게 떠올랐다. 그 속에는 붉은빛을 내는 가루가 섞여 있었다. 가루들이 엉키면서 기이한 빛을 만들어냈다. 과학 시간에 배운 프리즘 같은 걸까. 창문 사이로 빛이 들어왔다. 눈을 뜬 채로 꿈을 꾸는 것 같았다. 몇 걸음 걷지도 않았는데 어느새

2층 계단 끝에 있는 다다미방 앞까지 이르렀다. 미닫이문을 열었다. 어두운 방 안, 불빛이 미치지 않는 한구석에 웅크리고 있는 무언가가 보였다. 온몸에 피칠갑을 한, 체구가 작은 사람이었다. 현실감이 없었다. 실재하는 것이라고는 믿기지 않았기에 놀라지 않았다. 그쪽으로 빛을 비추는 순간, 형체가 서서히 지워졌다. 가느다란 빛이 그 존재를 지워버린 것 같았다. 손전등을 끄자 암흑 속에서 보았던 형체가 다시 나타났다.

"누, 누구세요?"

나는 한 걸음 앞으로 빨려 들어갔고 방문이 닫혔다. 형체가 천천히 고개를 들었다. 그는 마르고 주름이 자글자글한 노인이었다. 말라붙은 입술 사이로, 가느다란 숨결처럼 속삭였다.

"와타시가…… 미에루?"

뭐라는 거야. 나는 뒤로 한 걸음 물러섰고 그때 아래층에서 고함 소리가 들려왔다. 그제야 손이 덜덜 떨렸다.

"이거 안 열어?"

현필의 목소리였다. 재빨리 복도로 나와 손전등을 켜고 방 안을 천천히 훑었을 땐 아무것도 없었다. 다시 난간 아래를 살폈다. 경태가 품에 넣고 다니던 워크맨을 손에 쥔 채 문 앞에 서 있었다.

"사과하면 열어줄게."

"씨발, 내가 뭘?"

현필의 목소리는 바닥을 뚫고 위로 올라오는 것처럼 들렸다. 계단 옆 작은 방 안에 있는 것 같았다.

"네가 괴롭혔잖아."

"누구? 너?"

"인주."

"인주? 걔가 누군데?"

"죽은 애."

"……아, 걔. 내가 뭘 어쨌는데?"

"괴롭혔잖아."

"네가 봤어? 네가 뭔데?"

"같은 반."

"하, 너 걔 좋아했냐?"

경태는 워크맨을 문 쪽으로 더 높이 치켜들었다. 나는 계단 끝에 서서 내려가지 않고 지켜보기만 했다.

"누가 옥상에서 그 지랄을 떨래?"

"네가 협박했잖아."

"내가? 언제? 걔랑 옥상에 같이 있었냐?"

"씨발 됐으니까, 문이나 열어. 여기 벌레 존나 많다고!"

그제야 현성의 목소리가 섞여 들렸다. 현성이 겁에 질려 있는 게 느껴졌다. 둘은 갇혀 있었다.

"사과하라니까!"

경태의 목소리가 가늘게 떨렸다. 문을 세게 두드리는 소리가 이어지더니, 집 전체가 흔들릴 정도로 들썩였다.

"이거 안 부서져. 열리지도 않고. 그 미친 형이 쓰던 방이거든."

경태의 시선이 향한 곳에 걸쇠가 채워져 있는 것이 보였다.

"내가 그 미친년한테 사과를 왜 해, 이 미친놈아!"

"너는, 씨발, 안 되겠구나."

경태가 한숨을 내뱉듯 낮게 말했다. 워크맨을 들고 있던 오른팔을 내리고, 고개는 바닥을 향했다. 고개를 떨군 채 한동안 꼼짝 않던 경태는 계단 아래에 시선을 고정했다. 나는 계단참까지 내려가 경태의 시선 끝을 살폈다. 거기엔 금줄이 달린 회중시계가 놓여 있었다. 경태는 쪼그려 앉아 회중시계를 손에 쥐고 이리저리 살펴보았다.

"야, 괜찮아? 뭔 일인데?"

나는 한 칸 더 내려와서 경태를 향해 말했다.

고개를 들어 나와 눈을 맞춘 경태가 짧게 대꾸했으나 무슨 말을 하는지 알아들을 수 없었다. 대신 경태가 앉은 자리에서 다른 무언가를 보았다. 창백한 얼굴과 피투성이의 바닥, 누구의 것인지 모를 그림자가 섞여들었다. 그때 현필과 현성이 갇혀 있던 방에서 천둥이 치듯 큰 소리가 났다. 이윽고 걸쇠가 부러지더니 문이 복도 쪽으로 기울다가 마룻바닥으로 곤두박질쳤다. 잿빛 먼지가 복도를 가득 채웠다. 폭탄이라도 터진 것 같았다. 여기저기서 기침이 터져 나왔다. 나는 옷소매로 입을 가리고 1층으로 내려와 마룻바닥에 떨어진 문을 밟고 지나쳤다. 현관문 앞에 서서 기침 소리가 나는 쪽을 바라보았다. 먼지는 좀처럼 가라앉지 않았다. 계단 위에서 보았던 붉은 가루도 섞여 있었다. 이 집을 빠져나가야 했다.

"도, 도와줘!"

복도 끝에서 현성이 소리쳤다. 현성은 바닥에 쓰러진 채 피를 흘리고 있었다. 현성이 어깨를 붙잡고 있던 손을 내리자 손바닥 전체가 붉게 물든 것이 보였다.

"그거, 피야?"

내가 물었다. 경태는 회중시계를 목에 걸고 허리를 숙인 채 계단 위에 토를 하고 있었다. 시큼한 냄새가 더해졌다.

"형이 이상해."

현필은 방 문턱에 쪼그리고 앉아 있었는데, 무언가 알아들을 수 없는 말을 중얼거렸다.

"형, 괜찮아?"

내가 한 걸음 앞으로 다가가 물었다. 현필의 손에는 길고 가느다란 칼이 들려 있었고, 그 칼 끝에서 핏방울이 규칙적으로 떨어졌다. 번쩍이는 금속의 반사광이 그의 눈동자처럼 번득였다. 서너 걸음 정도 간격이 있었지만 가까이 가기 두려웠다. 금방이라도 현필이 칼을 휘두를 것 같았고 그 칼끝이 내게 닿을 것만 같았다. 현필의 뺨과 목덜미에서 땀이 번들거렸다. 모래처럼 보이는 작은 알갱이가 얼굴 전체에 붙어 있었다. 낯빛이 이상하다는 걸 느꼈다. 현필은 알아듣기 힘든 말을 계속 중얼거리며 일어섰다. 제자리에서 바닥을 내려다보며 칼을 좌우로 휘저었다. 그러고는 두 손으로 칼 손잡이를 단단히 움켜쥐고 이쪽을 바라봤다. 현성은 쓰러진 채 왼쪽 어깨를 붙잡고 있었는데 손아귀 사이로 피가 흘러나왔다. 낯빛이 시커매진 현필이 천천히 마룻바닥에 발을 디뎠다. 땀과 피에 젖은 얼굴로 우리를 번갈아 노려보며 칼끝을 조용히 겨누었다.

경태는 다른 무언가를 발견한 것처럼 전에 없이 겁에 질려 있었다. 그리고 내가 있는 현관문 쪽으로 걸음을 내딛기 시작했다. 현성을 지나쳐 현필과 가까워졌을 때 경태는 오른팔을 들며 작게 중얼거렸다. 악수를 청하는 것 같기도 하고 인사를 하는 것처럼 보이기도 했다. 나는 경태의 뒷모습에 가려진 현필을 보기 위해 상체를 사선으로 숙였다. 아무래도 이상하다고 생각했다. 그때였다. 현필의 얼굴이 보였다. 다시 한번 칼을 휘두른 뒤였다. 그 순간 섬광이 번쩍였고 완전한 암흑이 드리워졌다. 누구의 것인지 모를 고함과 비명, 얼굴에 달라붙던 액체, 붉은 입자들…… 기억나는 건 그게 전부였다.

정신이 들었을 때 경태는 응접실에서 현관문으로 이어지는 복도 바닥에 피를 흘리며 쓰러져 있었고, 현필의 손에는 피 묻은 칼이 들려 있었다.

"어떻게 된 거야."

내가 물었다. 현성은 주저앉은 채 머리를 감싸 쥐었고 현필은 칼을 내려놓은 채 손을 떨고 있었다.

"가자."

누군가 말했다.

우리는 그 집을 뛰쳐나왔다. 누가 뒤쫓는 것도 아닌데 보이지 않는 존재에게 쫓기듯 미친 듯이 달렸다. 하늘은 완전히 어둠에 잠겨 있었고, 우리는 저마다의 불안을 껴안은 채 더 깊은 어둠 속으로 몸을 숨겨야만 했다.

1945

나오

　호수에서 걸어 나온 후 이 병증이 보통이 아니라는 걸 직감했다. 위험하다는 것도 알았다. 하지만 대부분의 질환이 그렇듯 나의 의지만으로는 증세를 제어할 수 없었다. 나는 로제타의 도움으로 성인 여성의 우울증에 관한 논문을 살펴보았다. 그중에서도 산후 우울증, 그리고 가족을 잃은 뒤 겪는 심리적 불안 사례가 눈에 들어왔다. 여전히 환각은 사라지지 않았다. 그것은 시시때때로 소리나 그림자가 되어 돌아왔다. 그럴 때면 눈을 감고 중얼거렸다. 괜찮아. 금방 지나갈 거야. 마음속으로, 또 소리

내어 되뇌며 스스로를 진정시켰다. 말린 국화꽃을 우려낸 차를 한 잔 마시는 게 도움이 되었다. 증세가 완화된 뒤로는 다시 성서를 읽기 시작했다. 그즈음 다카히로가 구해준 성모마리아상 두 개를 계단 아래와 침실에 각각 두고 아침저녁으로 기도했다. 계단을 오르내리며 말로는 형용할 수 없는 성령의 힘을 느꼈다. 다카히로는 액운을 막아준다며 응접실 벽면에 일본도를 걸어두었다.

하나의 조력도 받아들였다. 나는 가사 노동을 하나에게 일임했다. 임금을 받았으니 그에 따른 정당한 노동이 필요하다고 하나는 말했다. 다카히로는 하나에게 나를 도우라는 임무도 주었다고 했지만 그것만큼은 거절했다.

"지금 해주는 일만으로도 충분해요." 찻잔을 치우려는 하나를 제지하며 말했다. "이 정도는 내가 할게요."

나는 미소를 지으며 이야기했다. 하나는 그것을 선의가 아니라 선을 긋는 행위처럼 느끼는 모양이었다. 내 앞에 세워진 커다란 벽과 깊은 수렁을 동시에 들여다보는 것 같았다. 하나는 찻잔을 다시 내려놓았다.

"그 사람 뜻을 거슬러서 좋을 건 없지."

정원에서 집으로 들어설 때 응접실에서 다카히로가 하

나에게 하는 말을 들었다.

　나는 현실과 상상의 경계를 점차 구분할 수 있게 되었다. 환영은 주로 정원에서 출몰했다. 그것은 대개 2층 아이 방에 있을 때 나타났고 느티나무 근처를 맴돌다가 사라지곤 했다. 나츠라고 생각하기엔 다 자란 아이들이었다. 윤곽만 선명하고 세부는 희미한 형체로 나타나서 생김새를 특정할 수 없었다. 처음 몇 번 그 모습을 보았을 때 정원으로 내려가 보았으나 아이들은 매번 사라지고 없었다.

　그날 본 환영은 여느 때와 달리 생생했다. 어린아이 둘이었다. 아이들은 차례로 그네를 탔다. 한 명이 밀면 다른 한 명은 소리 죽여 맑게 웃었다. 나는 천천히 정원으로 내려갔다. 가까이에서 그 모습을 지켜보고 싶었다. 아이들은 사라지거나 희미해지지 않고 계속 그네를 타며 놀았다. 내가 느티나무 앞까지 가는 동안에도 아이들은 그대로 있었고 내 존재를 알아차리지 못했다. 한 걸음, 다시 한 걸음. 그네를 밀어주던 아이에게 손을 뻗었다. 통과할 것이란 예상과는 달리 만져졌다. 무게감이 느껴졌다. 아이는 깜짝 놀라 뒷걸음질쳤고 그네에 타고 있던 아이는 중심을 잃고 뒤로 넘어졌다. 나는 손끝에 닿은 감촉에 심장이 철렁했다. 환영이라면 통과했어야 했다. 그러나 이번엔 달랐다. 맞은편 그 자리에 아이가 있었다.

"미안. 어디에서 왔다고 했지?"

나는 넘어져 상처가 난 아이의 팔에 요오드를 발라주며 물었다.

"아랫마을이요." 둘 중 일본말을 할 줄 아는 아이가 답했다. "죄송해요. 담 너머로 그네가 보이길래 잠깐 타보려다가 그만."

"괜찮아. 놀라게 한 내 잘못이지. 다치게까지 하고. 그네는 얼마든지 타도 좋아."

"진짜요?"

"그래, 다음에 오면…… 사과의 의미로 전을 부쳐 줄게."

한 번도 해본 적 없는 음식이었지만, 불현듯 생각이 났다. 어린 시절 엄마가 부쳐 준 감자전을 맛있게 먹었던 기억 때문이리라.

조선말로 작게 대화를 주고받은 아이들은 웃으며 '좋다'고 말했다.

"너희들 이름이 뭐니?"

상처가 난 자리를 붕대로 감싸며 내가 물었다.

"저는 명숙이고, 이 친구는 애진이에요."

그 후로 아이들은 이틀에 한 번꼴로 그네를 타러 왔다. 나는 약속대로 전을 부쳐 주었다. 감자가 없을 때는 호박이나 부추를 썬 다음 밀가루를 물에 개어 얇게 부쳤다. 맛이 잘 나지 않으면 일본에서 가져온 아지노모토를 넣었는데, 아이들은 조미료를 넣은 쪽을 더 맛있게 먹었다.

"저기 애장 있는 거 아세요?"

"애장?"

"무덤이요."

나는 아이들이 나츠의 무덤을 어떻게 알았는지 궁금했다. 나츠의 무덤에는 아무런 표식이 없었기 때문이다. 순간 굳어버린 내 표정을 보았는지 명숙이 말을 이었다.

"마을에서 태어난 아이들이요, 일찍 죽으면 거기에 묻었대요. 거기 우리 언니도 묻혔다던데. 옛날에요. 이 집 생기기 전에. 이 근방이 우리 마을에서 햇빛이 가장 잘 드는 자리잖아요."

"애장은 어디 있는데?"

"느티나무 뒤쪽이요."

명숙은 젓가락을 놓고 일어서서 팔을 쭉 뻗었다. 나츠가 묻힌 곳과 같은 방향이지만 더 먼 곳이었다. 명숙이 말한 애장은 느티나무 뒤쪽으로 이어진 덤불 끝에 있었다. 나는 명숙과 애진을 앞세우고 그곳으로 향했다. 50미터 정도 떨어진 오르막길에 작은 봉분이 놓여 있었고 별다른 표식은 없었다. 앞쪽으로 오솔길이 나 있는 것으로 봐서는 인적이 있는 듯했다. 봉분 뒤로 집이 보였고, 그보다 앞서 느티나무와 가지 아래로 늘어진 밧줄 두 개가 어른거렸다.

"여기예요."

명숙이 미소를 지으며 말했다. 그 애가 웃을 때마다 어린 시절 엄마의 얼굴이 겹쳐졌다. 언젠가 엄마가 자신의 어린 시절이라며 보여준 사진 속 모습과 몹시 닮아 보였던 것이다.

"여기, 언니가 있다고?"

"제가 막 태어났을 때 지금 저만했던 언니가 죽었대요."

명숙이 답한 뒤 옆에 있던 애진이 명숙에게 무언가를 말했는데, 둘은 한동안 짧은 말을 주고받았다. 무덤에서 돌아오는 길에 명숙은 아까 먹다 남은 전을 싸 가도 되는지 물었다. 집에 이제 막 돌이 지난 막내가 있는데 걔가 먹보라면서 맛을 좀 보여주고 싶다고 덧붙였다.

"그럼. 애진이 것도 챙겨줄게. 두 장씩."

나는 남은 반죽을 빠르게 부쳤다. 그리고 2층 아이 방으로 올라가 나츠를 위해 만들었지만 끝내 입히지 못한 옷을 명숙에게 건넸다.

"고마움의 표시야. 소중한 곳을 알려줬잖아."

"아니에요, 괜찮아요."

나는 한사코 거절하는 명숙의 품에 옷을 안기고 문 앞까지 배웅했다. 명숙과 애진을 돌려보낸 뒤 애장에 다시 올라가서 봉분에 손을 얹고 기도했다.

이튿날 명숙은 동생을 업고 왔다. 선물해 준 저고리를 입혀서였다. 팔이 한 뼘은 넉넉하게 남아서 저고리 소매를 접어주었다. 명숙의 동생은 생글생글 웃으며 나와 눈을 맞추었다.

그리고 시간이 흘렀다. 나는 다시 병원에 복귀해 진료를 시작했다. 나츠를 잃고 6개월 만의 복귀였다. 병원에서 신생아와 백일 전후의 아이들을 마주칠 때마다 나츠를 생각했다. 품에 안았을 때의 감촉과 냄새, 무게가 고스란히 느껴졌다. 그러는 동안 시간은 잠시 정지되고 숨이 끊겼을 때의 나츠의 모습이 떠올랐다. 누군가 심장을 움켜쥐는 듯한 통증과 함께 현실로 되돌아오곤 했다. 하루씩 근무일을 늘려가다가 여름부터 다시 정상 출근을 시작했다. 그럼에도 수요일에는 오전 근무를 고집했다. 명숙, 애진과의 약속 때문이었다. 명숙과 애진은 집에 와서 그네를 타다가 내가 준비한 간식을 먹고 떠났다. 한동안 지속되던 약속은 차츰 어긋날 때가 많아졌고, 그럴 때면 하나에게 아이들에게 내줄 간식을 준비해 달라고 부탁했다.

처서가 지나 오랜만에 명숙이 홀로 나를 찾아왔다. 애진은 돈을 벌기 위해 중국 무한으로 갔다는 소식을 전했다. 지난여름 친처 집에 갔다가 좋은 일자리를 얻었다며 전보를 보내왔다고 했다. 비슷한 시기 명숙의 둘째 언니가 집 근처 우물가에서 사라져서 명숙은 내심 걱정하고 있었다. 물을 길던 언니를 일본인 순사가 잡아갔다는 소문이 돌았기 때문이다.

장맛비가 며칠째 내리던 어느 날, 고타로의 편지가 도착했다. 두 통이었다. 소인으로 보아 두 달의 시차를 두고 보낸 듯했지만 어쩐 일인지 함께 도착했다. 나는 오전 진료를 마친 뒤 석 달 전 소인이 찍힌 편지부터 읽어 내려갔다. 편지에는 예상치 못한 이름이 있었다. 고타로는 그곳 연구소에서 마에다 교수를 만났다고 했다. 논문 제출을 위해 마에다 교수의 연구실을 찾았을 때, 교수의 책상에 군사시설과 관련된 자료가 쌓여 있던 것을 기억했다. 얼마 뒤 교수가 군의관으로 오래 근무했다는 걸 알았지만, 고타로와 같이 만주에 있는 연구소에 있을 거라고는 생각하지 못했다. 고타로의 편지는 수신인도, 인사도 없이 시작되었다. 마치 일기장의 일부분을 찢어 보낸 것 같았다.

악은 어디에서 오는 걸까? 저들에게서? 아니면 내 안에 있는 걸까? 나는 그걸 찾고 싶었던 걸까? 그들이 관심을 둔 건 해부학이었어. 조금 전 숨이 끊긴 이들, 그러다가 점차 숨이 붙어 있는 이들을 상대로도 실험을 계속해야 했지. 나는 이 사람들을 살려야 했어. 약속을 했으니까. 며칠 전 이곳에서 신경외과 마에다 교수를 만났을 때 놀라지 않앉어. 해부학 수업 기억해? 인체의 움직임도 결국 전류에 의한 것이라는 말. 상급자가 때때로 교수를 언급했고 머지않아 합류할 거라고 알려줬거든. 게다가 그가 이 시설을 설계한 사람 중 한 명이라는 것도 이미 알고 있었지. 놀라지도, 반가워하지도 않은 건 마에다 교수도 마찬가지였어. 그가 독일어로 쓰인 소설책을 한 권 빌려주더군. 도움이 될 거라면서 말이야. 젊은 박사가 묘지에서 파헤친 시신을 이용해 새로운 생명을 창조한다는 믿기지 않는 이야기였어. 마에다 교수가 그은 건지 모르겠지만 이 구절에 밑줄이 그어져 있더라. '생명의 원인을 밝히려면 죽음을 수단으로 이용해야만 한다.' 과연 그럴까. 교수도 그렇게 생각하는 걸까? 나는 모르겠어. 하지만 이곳에서는 지시를 따를 수밖에 없겠지. 아마 전쟁은 영원히 끝나지 않을 거야. 이런 연구도 계속되겠지. 그렇다면 나오, 그렇게 생각하는 쪽이 되어야만 하는 걸까? 나오, 너는 어디에 있니. 너의 의견을 듣고 싶어.

    나는 다음 진료까지 남은 시간을 확인한 뒤 두 번째 편지를 개봉했다. 첫 번째 편지가 일기였다면 두 번째 편지는 지난 편지보다 더 잔혹해진 실험 보고서에 가까웠다.

편지를 읽어 내려가다가 저절로 고개가 가로저어지는 대목이 있었다. 그간 고타로에게 대체 무슨 일이 있었던 걸까. 그곳에서 자행되는 실험은 너무 끔찍했다. 고타로는 아무런 감정도 담지 않은 채 관찰자처럼 실험의 과정과 반응, 수치만을 차갑게 나열해 나갔다. 도대체 이걸 왜 나에게 보낸 거지? 나는 생각했다. 마음이 부서진 건 고타로 자신인 것 같았다. 혼란을 느끼고 실의에 잠겼던 고타로의 모습은 오간데 없었다.

특히 마지막 대목에 이르러서는 살아 있는 사람―국적은 알 수 없지만 전쟁 포로라고 했다―에게 가해지는 전기 자극의 전압을 빠르게 높여갔다. 신체 이곳저곳에 전류를 보내며 심전도와 반응을 확인했는데, 고타로는 이를 일컬어 갈바니즘이라고 불리는 전기자극 연구라고 했다. 놀라운 건 마에다 교수가 직접 고안한 실험이라는 점이었다. 침대에 묶여 온갖 강한 전류를 견디던 그 사람은 실험 시작 40분이 지나 숨을 거뒀고, 그 후 10분간 고타로는 죽은 자의 변화를 기록하고 후속 실험을 진행했다. 고타로는 실험실을 정리한 뒤 '조명을 끈다. 코끝에 매캐한 냄새가 남는다'는 문장만을 남긴 채 날짜도 없이 편지를 끝맺었다.

편지지를 접어 다시 봉투에 넣었다. 그 후에도 진료실 내부를 한참 서성인 끝에 나는 책상에 앉아 이사야서의 구절을 종이에 써 내려갔다. 그것이 고타로에게 전할 수 있는 유일한 기도 같았다. 나는 오래전 고타로의 습관처럼 성서에 왼손을 올리고 그 구절을 옮겨 적었다.

너희가 깊은 어둠을 걸을지라도 두려워하지 마라. 내가 너희 곁에서 너희를 이끄리라. 손을 내밀어 너희를 붙잡고, 너희가 쓰러지지 않게 하리라. 고타로, 우리 모두 힘든 시간을 보내고 있구나. 나는 얼마 전에 사랑하는 아이를 잃었어. 그리고 나 자신조차 잃을 뻔했지. 우리는 모두 각자의 전쟁을 치르고 있는 걸까? 중요한 건 마음이라고 네가 말했지? 다른 사람의 마음을 지키고 싶다는 너의 꿈을 기억해. 그곳에서 쓰러지지 않길 기도할게. 삶이 전쟁이라면 승리하는 것보다 마음을 지키는 게 중요하겠지. 아무도 죽지 않고 말이야. 그럴 수는 없는 걸까?

언젠가 사람의 마음을 들여다보고 싶다던 고타로가, 이제는 누군가의 고통에 눈을 감은 채 가만히 숫자만을 기록하고 있었다. 두려운 건 그 변화가 낯설지 않다는 사실이었다. 전쟁은 고타로만 바꿔놓은 게 아니었다. 전쟁은 도처에서 벌어졌고 곳곳이 폐허가 되었다. 사람들이 다쳤고, 고통에 신음했다. 마음속에 떠오르던 문장은 끝내 이어지지 않았다.

2025

수현

감기를 앓은 뒤로 실비의 얼굴은 눈에 띄게 창백해졌다. 피부 아래 핏줄이 희미하게 드러날 정도였다. 체중이 줄었다는 건 이미 알고 있었다. 예약 시간에 맞춰 소아종양내과 외래 병원의 문을 열었다. 의사는 경구 항암제만으로는 부족한 것 같다고 말했다. 백혈구 수치는 위험 수위에 근접했고 혈소판도 떨어져 있었다. 결국 척수강 내 주사가 필요하다고 했다. 나는 실비 대신 실리의 손을 꼭 쥐었다. 작은 손가락이 내 손을 꽉 움켜쥐었다. 시술을 준비하는 동안 입원 병동으로 올라왔다. 아이를 새하얀 침대 시트 위에 눕혔다. 창밖에서는 흐린 빛이 스며들었고, 링거대에서는 수액이 조용히 흘렀다. 이따금 맥박 측정기의 신호음이 병실을 가볍게 울렸다. 이내 간호사가 우리를 데리러 왔다. 실리를 두고 나는 실비와 함께 병실을 나섰다. 수술실에 들어가서 주사만 맞고 나올 거라고 실비에게 설명했다.

"다 알아."

실비가 말했다. 실리가 손을 흔들어 주었다.

수술실 복도는 차갑고 적막했다. 스트레처가 미끄러지듯 움직였고, 머리 위로 형광등 불빛이 하나씩 스쳐 지나갔다. 수술실 문이 자동으로 열렸다. 안쪽 공기는 서늘하고 소독약 냄새로 가득했다. 하얀 수술 가운을 입은 사람들이 바쁘게 움직였다. 모니터가 깜빡이고 기계음이 낮게 흘렀다. 조명이 수술대 위를 비추고 있었다. 나는 아이의 머리를 감싸안았다. 아이는 등을 둥글게 말고 차분히 숨을 골랐다. 소독포가 펼쳐졌다. 의사가 주삿바늘을 들었다. 척추뼈 사이, 좁은 공간을 찾는 손놀림이 조심스러웠다. 얇고 긴 바늘이 아이의 허리로 천천히 들어갔다. 작은 어깨가 움찔했지만 울지는 않았다. 실비가 마지막으로 눈물을 보였던 순간이 언제였는지 기억나지 않았다. 투명한 척수액이 몇 방울 흘렀다. 약물이 천천히 주입되며 주사기가 조금씩 밀려 들어갔다. 뼛속 깊이 스며드는 것처럼 고요한 시간이었다. 바늘이 빠져나오고, 조그만 거즈가 등을 덮었다. 시술이 끝났다. 주변을 정돈하던 의료진이 스트레처를 다시 움직였다.

병실로 돌아가는 동안 나는 실비의 손을 놓지 않았다. 아이는 눈을 지그시 감고 숨을 고르며 누워 있었다. 머리가 조금 어지럽다고 했다. 수액은 계속 흘렀고 심박수가 반복해서 측정됐다. 나는 아이의 손을 계속 쓰다듬었다. 밤은 길고 조용했다. 늦은 저녁 병원에 들른 규호는 잠든 실리를 안고 먼저 집으로 갔다.

밤사이 실비는 깨지 않고 내리 잤다. 열이 내리고 맥박이 차분해졌다. 간호사가 피를 뽑아 갔다.

"실리는?"

실비가 물었다. 입술에 다시 색이 돌았다.

"어젯밤에 아빠가 왔다 갔어."

"퇴원할 수 있겠지?"

"검사 결과 나오면…… 의사 선생님이 오실 거야."

실비는 입원실을 싫어했다. 같은 병실을 쓰던 아이들에게 손을 흔들어 줘야 했으니까. 그것까지는 괜찮았다. 진짜 견딜 수 없는 일은 수술실이나 중환자실로 내려간 아이가 돌아오지 못했을 때였다. 실비는 아이가 돌아왔는지 물었고 나는 실비가 잠든 사이에 짐을 챙겨 퇴원했다고, 밖에서 만나자는 인사를 남겼다고 얼버무렸다. 실비는 고개를 끄덕였으나 퇴원한 후 아이를 찾지 않았다.

차트를 들고 나타난 의사는 수치가 나아졌다고 말했다. 실비가 침대에서 벌떡 일어났다.

"퇴원해도 되죠?"

의사는 실비와 병원 방문 약속을 잡은 뒤 병실에서 나갔고, 잠시 후 간호사가 퇴원 절차를 도왔다. 실비가 병원에 오래 머무는 걸 싫어하는 건 너무나 당연했다. 우리는 손을 맞잡고 병원을 나섰다. 복도 끝 유리문 사이로 햇살이 부드럽게 스며들었다.

새로 바뀐 항암제는 강력했다. 실비는 잠이 늘었고, 정원을 오가긴 했지만 대부분의 시간을 집에서 보내며 병원에 가지 않기 위해 노력했다. 실리가 놀이를 제안하면 미리 시뮬레이션을 했다. 놀고 나서 몸이 괜찮을지를 먼저 가늠해 보는 식이었다. 나는 이틀에 한 번꼴로 도서관에서 아이들이 읽을 만한 책을 빌려 왔다. 아이들이 응접실과 자신들의 방에서 책을 읽는 동안 나도 다시 나오의 일기장을 읽기 시작했다. 번역에 시간이 소요되긴 했지만 금방 적응했고 반복되는 작업이 주는 편안함도 느꼈다. 히라가나와 한자를 옮겨 적으면서 일본어가 점차 눈에 익었다. 나츠, 고타로, 마음, 귀하다, 살아 있다 같은 단어들은 번역하지 않고도 알 수 있었다.

나오가 아이를 잃은 장면을 읽는 순간, 노트 위로 눈물이 떨어졌다. 오래전 기억이 되살아났다. 실비가 한 살이 채 되기 전이었는데, 낮잠을 자던 중 제대로 숨을 쉬지 못한 적이 있었다. 실리의 울음에 놀라 아이들을 눕혀놓은 곳에 가보니 실비가 붉어진 얼굴로 인상을 쓰고 있는 게 보였다. 숨을 쉬지 못하니 울음조차 터지지 않았다. 상담사로 일하면서 배운 안전 교육을 떠올렸다. 기도가 막힌 것 같았다. 나는 실비를 들고 왼쪽 팔에 배가 닿도록 올린 뒤 여러 번 등을 두드렸다. 아이의 몸이 서늘해진 것이 느껴지자 마음이 더 급해졌다. 아이를 뒤집어서 오른손으로 가슴과 배의 경계를 약하게 압박했고 그 두 가지 동작을 반복했다.

얼마 뒤 실비가 숨을 쉬기 시작하며 고여 있던 울음을 터뜨렸다. 무언가 아이의 기도를 막고 있었던 것인데 아이가 토해낸 건 결국 찾지 못했다. 울음을 터뜨린 실비와 놀라서 울고 있던 실리를 달래느라 나는 주변을 살필 틈조차 없었다. 그 일을 겪으며 작은 비닐 조각이나 땅콩 껍질로도 기도가 막힐 수 있다는 걸 알았다. 아이가 위험한 상황에 빠질 수 있는 경우의 수는 무수히 많았다. 그건 내 잘못이 아니었지만, 내 탓처럼 느껴져 누구에게도 말하지 못했다. 언젠가는 규호에게, 그리고 아이들에게 말할 수 있으리라 생각했지만 끝내 입이 떨어지지 않았다. 간혹 그때를 떠올리면 그날 울지 못한 눈물이 차올랐다. 그 마음을 아무도 몰랐다.

나는 나오가 겪은 고통스러운 섬망 증세를 따라 읽으며 그녀의 삶이 부디 평안해지기를 바랐다. 그리고 그 바람은 이어지는 페이지에서 실현되었다. 나오가 건강을 회복할 수 있었던 데는 조선인 아이와의 교류가 큰 역할을 했다. 잇따르는 대목에서 등장한 조선인 아이의 이름은 거듭 확인해야만 했다. 아이의 이름이 명숙이었기 때문이다. 얼마 전 실비와 실리가 정원에서 만나 놀았던 아이도 명숙이었다. 아이들이 말한 '그 언니'와 닮은 구석이 많았다. 또래였고 일본말을 유창하게 사용했다. 근처에 살며 이 집 정원에 놀러 왔던 두 아이의 이름이 같다는 사실을 어떻게 받아들여야 할까. 나는 나오가 명숙의 안내로 애장을 방문한 대목까지 읽은 후 정원으로 나섰다. 직접 애장을 찾아가 볼 작정이었다.

느티나무 뒤편 울타리 너머로 수풀 사이사이 오래된 샛길이 있었다. 일부러 조성한 길이라기보다는, 누군가 오랜 시간 오가며 만들어낸 흔적이었다. 수차례 밟혀 다져진 길이었다. 나는 편지 속 내용을 머릿속으로 떠올리며 살짝 패인 흔적을 따라 걸음을 옮겼다. 10분쯤 걸어 올라갔을까, 경사진 곳에 봉분이 하나 눈에 띄었다. 수풀에 가려졌지만 봉긋하게 솟은 흔적과 아무것도 적혀 있지 않은 작은 비석 하나. 나는 이것이 명숙이 말하고 나오가 이야기한 애장이라는 걸 느낄 수 있었다. 깔끔하게 정돈되진 않았으나, 완전히 버려진 흔적도 없었다. 다음 날 전지가위를 들고 애장까지 걸어가 길게 뻗어 나온 가지와 풀을 잘라냈다. 애장 뒤에서는 저만치 숲에 둘러쳐진 집이 보였고, 실비와 실리를 데리고 찾았던 호숫가 플라타너스와 잔잔한 수면도 내려다보였다. 애장을 오가는 동안 이따금 낯선 아이들의 속삭임과 웃음소리가 들렸지만 그 아이들을 마주치진 못했다. 인기척이 느껴질 때마다, 바람 소리나 나뭇가지의 흔들림에도 나는 조심스러웠다.

"거기 누구 있어요?"

돌아오는 대답은 없었다. 두렵지 않았다. 왜 자꾸 그리운 기분이 드는 걸까.

집으로 돌아와 정원에 다다르자 실비와 실리가 응접실 창문 안쪽에서 토스트를 먹으며 손을 흔들고 있었다.

"엄마도 거기 다녀왔어?"

토스트를 다 먹고 우유를 마시던 실리가 물었다.

"어디?"

"애장."

"어떻게 알았어?"

"명숙 언니가 엄마를 봤대."

순간 등줄기에서 땀이 흘렀다.

"정말? 명숙 언니랑 같이 있었어?"

"아니. 아까 정원에 있을 때 말해줬어."

"다음에 만나면 엄마한테 얘기해 줘. 집으로 초대해도 좋고."

"집으로는 못 들어온다던데?"

"아빠가 들어오지 말라고 했대."

"엄마가 아빠한테 얘기 좀 해봐."

"아빠가 그 언니한테 직접 얘기했대?"

"그건 모르겠어. 그냥, 아빠가 반대한다고 했어."

"그래. 엄마가 얘기해 볼게……. 그 언니 말고 다른 사람은 못 봤니? 다른 친구들은 없어?"

나는 애장을 오가며 들었던 떠들썩한 목소리들을 떠올렸다.

"아니, 아직 못 봤어. 명숙 언니 말로는 다들 겁이 많다 너라고."

"정말?"

"응. 실은 내가 나중에 놀러 오라고 했어. 실비가 아픈 거 다 나으면. 지금은 사람들 많이 만나면 안 좋다고, 의사 선생님이 그랬잖아. 조심해야 한다고."

"우유 먹었으니까, 금방 나을 거야."

옆에 있던 실비가 배를 두드렸다.

나는 실비와 실리를 차례로 껴안으며 다 괜찮을 거라고 말했다.

그날 밤, 아이들을 재우고 응접실 책상 스탠드 불빛만 남겨둔 채 나오의 일기장과 고타로의 편지를 읽었다. 고타로의 편지에는 믿기지 않을 정도의 잔혹한 행위가 기술되어 있었다. 나오의 걱정이 무엇을 의미하는지 알 것 같았다. 그 뒤로는 고타로의 중얼거림이 기록되어 있었다. 내가 너를 창조했지. 네가 나를 창조하고. 그러고 나서 내가 죽음을 초대하고 다시 너를 만든 거야. 고타로가 점점 미쳐가는 것처럼 느껴졌다. 나오도 그런 고타로를 염려하는 마음을 전했다.

스윽-턱, 스윽-턱. 편지를 내려놓자 낯선 소리가 들렸다. 소리는 계속 반복됐다. 나는 스탠드를 끄고 응접실에서 정원을 바라봤다. 실내가 완전히 암흑에 잠기자 바깥 풍경이 점차 또렷해졌다. 한 남자가 느티나무 근처 땅을 파헤치고 있었다. 나츠가 묻힌 장소였다. 샹들리에마저 전원을 내리자 남자의 모습이 드러났다. 규호였다. 나는 현관문을 열고 규호를 불렀다. 규호는 온몸에 땀을 흘리며 삽을 들고 있었다. 한 발은 이미 파낸 흙더미 아래로 내려져 있었다.

"뭐 해?"

내가 물었다.

"그게…… 뭐 좀 찾을 게 있어서."

규호가 가쁜 숨을 고르며 말했다. 몸 전체가 땀에 젖어 있었고 당황한 것 같았다. 꿈이라도 꾼 걸까. 언제부터 여기 있었을까.

"찾아? 뭘?"

규호는 우리가 처음 만났을 때 자신이 했던 시골집 이야기를 기억하느냐고 물었다. 나는 고개를 가로저었다. 대체 언제를 말하는 걸까. 되묻기도 전에 규호가 중얼거렸다. 규호는 그때 그 새끼가 자꾸 이곳에 나타난다고 말했다.

"누굴 말하는 거야?"

"경태. 처음 여기로 우릴 데려온 새끼."

나는 경태라는 이름을 외며 기억 속을 헤집었다.

"그 사람이 언제부터 보였는데?"

"내가 돌아온 날부터."

나는 규호의 불안해 보이던 시선을 떠올렸다.

"그래서 여기에 묻혀 있으면." 나는 규호가 파낸 땅을 들여다본 뒤 오른손으로 이마를 짚고 계속 말했다. "어떻게 하려고?"

"글쎄." 규호는 망연히 서서 웅얼거리듯 말했다. "그냥…… 확인하고 싶었어."

"뭘?"

"죽었다는 걸." 규호는 바닥으로 곤두박질치는 땀을 바라보며 말을 이었다. "죽어서 돌아올 수 없다는 걸 말이야."

왜 청림이란 지명이 익숙했는지 그제야 알았다. 규호가 내담자였을 때 내게 했던 이야기가 떠올랐다. 어린 시절 친척 집에 놀러 갔다가 인명 사고를 겪고 오랫동안 낙담했었다는 일화였다. 그 모든 게 꿈만 같다고, 그래서 더 끔찍하다고 규호는 말했었다. 그게 다 진짜였구나. 오래전 규호가 말한 그 집이 여기라는 걸 왜 생각하지 못했을까. 하지만 다 지난 일이었고, 우리는 이곳에서 살고 있었다. 살아내야 했다. 나는 진짜 무덤은 여기가 아니라 저 느티나무 뒤편이라는 걸 끝내 말하지 않았다. 말한다면 나오의 일기장까지 들춰야 했으니까. 규호에게 혼란만 부추길 것 같았다. 무엇보다 규호는 정원은 물론 애장까지 파헤치려 들 것이다. 나는 명숙에 대해서도 말하지 않았다. 지금은 규호를 진정시키는 것이 우선이었다.

"없네."

규호는 조용히 중얼거리며 삽을 내려놓았다.

나는 규호가 씻고 나오기를 기다렸다가 진정제를 건넸다. 약을 삼킨 규호는 침실로 향했고 이내 잠들었다.

이후로 오랫동안 나오의 일기장을 펼칠 수 없었다. 실비의 상태가 급격히 나빠졌기 때문이다. 밖으로 나가지 못하는 대부분의 시간을 집에서 보냈다.

긴 장마가 이어졌다. 제습기를 24시간 내내 돌려도 습도는 좀처럼 내려가지 않았다. 그 모든 혼란이 실비의 고통 속에서 침잠했다. 실비가 통증을 호소하는 밤이 있었고, 그러다가도 나아지기를 반복했다. 어느 날 밤, 실비가 잠들어 있던 침대 옆 벽지에 볼펜으로 조그맣게 적힌 숫자가 보였다. 67898889999. 그건 실비의 글씨가 아니었다. 그 숫자는 침대 아래로 흘러내리듯 이어졌다. 나는 붉은색으로 깜빡이는 경고등처럼 두근대는 마음을 진정시키고 휴대전화 불빛을 비춰 보았다. 숫자는 사라지고 없었다.

그리고 이튿날 더 이해할 수 없는 일이 일어났다. 아이들을 재우고 물을 마시러 내려왔을 때였다. 응접실에서 탁, 탁 규칙적인 소리가 반복해서 났다. 책상을 볼펜이나 손톱으로 두드리는 소리였다. 나는 절반 정도 남아 있던 물을 마저 삼키고 일부러 크게 헛기침을 했다. 그러는 동안에도 소리는 사라지지 않고 계속 들렸다.

나는 누구 있냐고 물은 뒤 응접실 전등 스위치를 눌렀다. 불이 들어오지 않았다. 껐다 켜기를 반복했지만 마찬가지였다. 샹들리에와 책상 위를 번갈아 바라봤다. 그리고 마침내 명숙을 봤다. 처음 본 순간부터 그 아이가 명숙이라는 걸 알았다. 어둠 속에서도 형체를 또렷하게 인식할 수 있었다. 명숙은 책상에 걸터앉아 손가락으로 옆쪽을 탁탁 두드리며 알 수 없는 멜로디를 작게 흥얼거렸다. 때가 묻은 흰색 치마저고리를 입고 있었다. 양 갈래로 땋은 머리카락이 손가락 움직임에 따라 조금씩 흔들렸다. 나는 명숙을 가만히 쳐다봤지만, 명숙은 나를 의식하지 않았다.

명숙에게 다가가려던 찰나 응접실 불이 환하게 켜졌다. 샹들리에에 불이 들어온 것이다.

"뭐 하는 거야?"

규호의 목소리였다. 정신을 차리고 보니 어느새 내가 책상 위에 걸터앉아 있었다.

"어? 깼어?"

"애들 깨겠어. 무슨 소린가 했네."

"소리?"

"그거 말이야."

나는 손가락으로 계속 책상을 두드리고 있었다.

"아, 미안."

탁, 탁, 소리를 내고 있던 건 나였다. 규호는 소리가 멈추자 주방에서 물을 한 잔 따라와 건넸다.

"실비, 다시 입원시키는 게 좋지 않을까?"

"알잖아. 실비가 싫어하는 거."

나는 진짜 입원해야 할 사람은 당신이라고 말하지 못했다.

"그래도 여기보단 낫지 않겠어?"

"여기가 어때서?"

"병원에는 사람들이 있잖아."

"누구 말이야?"

"의사랑 간호사. 당신도 있을 거고."

"그 사람들도 더는 할 수 있는 일이 없다잖아. 이렇게 집에 같이 있는 게 나아."

나는 그제 실비가 한 말을 떨칠 수 없었다. 실비가 마른 입술로 그 말을 내뱉었을 때, 분명히 들었지만 못 들은 체했다. 다시 묻지도 않았다.

"실비가 그러더라. 이제 아픈 게 지긋지긋하다고. 더 이상 병원은 싫대."

나는 천천히 숨을 들이쉬며 말했다. 언제 맺혔는지 모를 눈물이 뺨을 타고 흘러내렸다.

규호가 한 걸음 다가와 내 손을 잡았다. 더 무슨 말을 하려다가 입을 다물었다. 그러고는 다시 뒤로 물러섰다. 나는 손바닥으로 뺨을 쓸어냈다.

"당신 약은 먹었지?"

내가 물었다. 규호는 대답 대신 고개를 끄덕였다.

"먼저 올라가. 나도 물 한 잔 더 마시고 갈게."

그날 밤 꿈에 실비가 나왔다. 건강을 완전히 되찾은 모습이었다. 실리니? 아니 엄마, 나 실비야! 실비는 환하게 웃으며 정원을 가로질렀다. 멀리서 명숙이 아이를 향해 손을 흔들고 있었다. 나는 그것이 꿈이라는 걸 알았다. 꿈이었는데도 눈물이 났다.

그 꿈은 예지였을까. 이른 아침 실리가 울면서 나를 깨웠을 때 내 앞에 있는 아이가 실비가 아니라 실리라는 걸, 그리고 지금 당장 구급차를 불러야 한다는 걸 알았다. 창밖으로 거센 비가 쏟아지고 있었다.

1945

나오

 겨울이 되자 명숙은 더 이상 모습을 보이지 않았다. 그저 날씨 탓이리라 여겼다. 지난겨울이 유난히 혹독했으니까. 행여나 수요일이 아닌 다른 날 찾아올까 싶어 이번에도 하나에게 당부해 두었다. 명숙이 오면 따뜻한 차를 내달라고. 명숙은 무엇이든 달게 잘 먹지만 특히 국화꽃 차를 좋아한다고. 노란색 목도리를 만들어 나츠의 방에 두었으니 대신 전해주라고 했다. 하지만 명숙은 겨울이 지나도록 오지 않았다. 경칩이 지나 얼어붙은 땅이 전부 녹을 무렵 나는 하루 휴가를 내고 아랫마을로 직접 명숙을 찾으러 갔다. 지난가을 정원에서 명숙과 찍은 사진을 들고 길을 나섰다. 그날 이후로 호수를 다시 찾은 건 처음이었다. 발목 아래로 스미던 물의 감촉이 여전히 선명했다. 아직 바람은 매서웠으나 햇볕은 제법 포근했다. 바람이 불 때마다 수면 위로 부서지는 햇살이 더욱 눈부셨다.

마을 입구에서 만난 노인에게 사진을 들이밀며 조선말로 물었다. 그동안 명숙에게 듣고 배운 것이 있으니 아주 서툴진 않았을 것이다. 명숙을 아는지, 명숙이 어디 사는지 물었다. 노인은 어리둥절한 표정으로 사진을 재차 들여다보더니 말했다.

"이쪽으로 쭉 걸어가면 정미소가 나오거든. 거기 주인 아줌마한테 물어봐. 그 근처니까."

정미소 주인은 사진 속 명숙을 알아보았고 경계를 늦추지 않은 채 사진을 언제, 어디서 찍었는지, 왜 우리 명숙이를 찾는지 물었다. 나는 일본말을 섞어가며 답했다. 다행히 그녀는 사진을 내어주며 명숙의 집까지 가는 길을 소상히 알려주었다.

나는 야트막한 돌담 너머로 명숙의 동생을 발견했다.

이제 막 걸음마를 뗀 아이는 한 걸음 한 걸음 신중하게 내디뎠다. 가까이 다가가 자세를 낮추자 아이도 나를 발견하고 꺅 하고 소리를 질렀다. 조심스럽던 걸음은 나를 향하면서 균형을 잃었고 이내 넘어져 울음을 터뜨렸다. 나는 아이를 일으켜 세운 뒤 쪼그려 앉아 옷에 묻은 흙을 털어냈다. 다친 곳은 없었다. 아이는 곧 울음을 그쳤고, 나를 뚫어지게 바라보며 미소를 지었다. 기억하고 있구나. 나는 속으로 생각했다. 곧 아이 뒤로 명숙을 닮은 여자가 초가집 창호 문을 열고 나왔다. 명숙의 엄마였다. 그녀는 일본말을 할 줄 몰랐기에 나눌 수 있는 대화가 한정적이었다. 중요한 건 명숙이 지금 이곳에 없다는 사실이었다.

명숙은 지난겨울 원산으로 시집을 갔다고 했다. 원산이란 지명을 익히 들어 알고 있었지만 한 음절씩 거듭 확인했다. 병원에서 근무하는 간호사 중 한 명이 원산 출신인데, 평양에서도 동쪽으로 한참 떨어져 있다고 했기 때문이다. 결혼하기에 명숙은 너무 어리지 않냐고 내가 묻자 그녀는 명숙은 똑똑하다고, 다 컸다고 답했다. 어쩌다 그렇게 먼 곳까지 가게 되었느냐고 묻고 싶었지만 그만

두었다. 명숙 엄마의 불편한 기색이 점차 노골적으로 바뀐 탓이었다. 나는 가져온 노란색 목도리를 명숙의 동생 목에 둘러주고 도로 돌아 나왔다. 왔던 길을 거슬러 가면서 명숙을 만나기 위해서는 원산으로 찾아가는 수밖에 없다고, 그렇다면 정확한 위치를 알아내야 한다고 생각했지만 명숙의 엄마가 주소를 알려줄 것 같지 않았다. 설령 그곳에 찾아간다 해도, 내가 할 수 있는 일은 그저 안부를 묻고 작별을 고하는 것뿐이라는 사실도 알고 있었다. 그것뿐이라고 해도 명숙을 한 번 더 보고 싶었다. 하지만 그건 마음만으로 되는 일이 아니었다. 그 어린아이가 결혼이라니. 청림에서 원산까지의 거리가 경성에서 교토만큼 멀게 느껴졌다.

명숙을 찾아 나섰던 그날 이후로 나는 병원 진료에 전념했고 집에서 머무는 시간이 점차 줄어들었다. 다카히로와는 저녁 늦게 잠시 얼굴을 마주쳤다. 어느 새벽, 다카히로가 내 의사와 무관하게 몸을 포개왔다. 나는 거칠게 그를 밀어낸 뒤 문을 닫았다. 다카히로가 문 앞에서 씩씩거리며 말했다. "며칠 전에 아랫마을에 나타났다더니 이젠 애인이라도 생긴 거야?" 나는 대꾸할 가치를 못 느꼈다. 명숙을 찾으러 갔다는 말은 하고 싶지 않았다. 호흡을 고른 뒤 떨어져 나간 단추를 주웠다. 또 한 번 살의를 느꼈다. 다카히로는 그길로 차를 몰고 집을 나섰다.

다카히로에게 사과를 받고 싶었지만 그는 사과를 받아야 할 사람은 자신이라고 믿는 듯했다. 나는 어디서부터 대화를 이어가야 할지 알 수 없었고, 더는 그와 말을 섞고 싶지 않았다. 하나가 내주는 밥을 먹고서 서둘러 집을 빠져나올 때가 많았다. 그렇게 집을 나선 날에도 정원에 들러 나츠의 무덤에서 기도하는 일만큼은 잊지 않았다. 나츠를 향한 그리움과 회한은 어느덧 내 일상이 되었다. 불과 얼마 전까지만 해도 삶이란 채워나가는 것이라 여겼지만, 아이를 잃고서야 알았다. 삶은 균열을 기워가며 겨우 지탱하고 회복하는 것이었다. 그 무렵 병원을 찾는 환자가 많아지며 진료실에 머무는 시간도 점차 늘어났는데 그들이 회생할 때 나 역시 회복된다고 느꼈다. 그 가운데 마침내 다다르게 되는 곳, 반짝이는 순간이 있었다.

무더위가 기승을 부리던 어느 날, 모처럼 이른 퇴근을 하고 집에 들어섰을 때였다. 낯선 인기척에 문을 열자 명숙이 서 있었다. 심장이 크게 요동쳤다. 명숙은 금방 쓰러질 것처럼 몹시 야위었고 겁에 질려 있었다. 나는 우선 명숙을 응접실로 들인 뒤 물 한 잔을 건넸다. 명숙은 입을 축인 다음 그간의 일을 힘들게 풀어놓았다.

  원산에서 명숙의 삶은 비할 데 없이 혹독했다. 시집을 간 건지 노비로 팔려 간 건지 모르겠다고 했다. 남편이란 작자는 일은 안 하고 그저 포악하기 그지없었다. 가장 참을 수 없었던 건 자신을 바라보는 눈빛이었다. 그의 두 눈에는 멸시와 경멸이 서려 있었다. 때로는 들판에서 맹수를 마주한 듯 불안하게 흔들리기도 했다. 어느 쪽이든 명숙은 날아드는 폭력을 감내해야 했다. 수십 번 도망칠 궁리를 했지만 어디로 가야 할지 알 수 없었다. 원산은 너무나 낯선 곳이었다. 온 집안 식구가 합세하여 자신을 궁지로 몰 때, 명숙은 살아야겠다는 일념으로 도망쳤다. 먹지도 못하고 사흘을 내리 걸어서 발길이 닿은 곳이 개성, 그곳 보리밭에서 주린 배를 채운 뒤 다시 나흘이 걸려 도착한 곳이 청림이었다. 달리 갈 곳이 없었다. 집으로 가봤자 쫓겨날 게 뻔했다. 빚 때문에 자신을 팔아치운 사람들이었다. 차마 집에 들어가지 못하고 죽을 마음으로 호숫가를 서성이다가 마지막으로 나를 찾아왔다. 명숙은 남은 기운을 끌어모아 지난 몇 달간의 지옥 같은 삶을 토해내듯 쏟아냈다. 그리고 이내 혼절하듯 잠이 들었다. 나는 명숙을 업고 나츠의 방으로 걸음을 옮겼다.

"그냥 나로 살고 싶었어요."

의식이 혼미한 와중에도 명숙은 그 말을 반복했다.

나는 명숙의 손을 잡고 조용히 말했다. "알았어. 이제 쉬어."

다카히로는 나가사키로 출장을 떠났고, 하나도 고향에 다녀오겠다며 며칠 전부터 휴가를 낸 참이었다. 나는 명숙을 2층 나츠의 방에 눕혔다. 아이의 물건을 버리지 않고 대부분 보관하고 있었다. 일부는 옷장 안에 들어 있고 나츠가 사용하던 침구는 방 한편에 개어져 있었다. 나츠가 세상을 떠난 뒤, 다카히로는 2층 근처에도 오지 않았다. 그가 돌아온다 해도 나는 명숙을 이 방에서 지내게 할 작정이었다. 잠든 명숙의 동그랗고 작은 이마를 손바닥으로 짚었다. 미열이 있었다. 바이러스 감염이나 찰과상으로 인한 염증 때문일지 몰랐다. 끓인 물을 수건에 적셔 얼굴과 손발을 닦고 설파제를 먹였다. 고단했을 여정이 명숙의 몸 곳곳에 새겨져 있었다. 수풀에 긁힌 흔적과 벌레에 뜯긴 자국, 자잘한 상처가 촘촘히 남아 있었다. 악몽을 꾸는 듯했던 명숙의 표정이 점차 누그러졌다. 지난가을 그네를 타고 내가 내준 떡을 먹은 뒤 처마 아래 마루에 누워 무방비로 잠들었던 명숙의 모습이 떠올랐다. 곤히 잠든 명숙의 숨소리가 일었고 작은 방에 머물렀다. 나는 명숙의 손을 잡고 기도했다.

"네가 물속을 지나갈지라도 내가 너와 함께하리라. 강을 건널지라도 너를 휩쓸지 못하리라. 불길 속을 걸어도 너는 타지 않고, 불꽃이 너를 덮지 못하리라. ……아멘."

이튿날 피치 못할 사정으로 하루 쉬겠다는 전보를 병원에 보내고 집으로 돌아올 때까지도 명숙은 잠들어 있었다. 명숙을 깨워 흰죽과 해열제를 먹인 뒤에 내 옷을 입혔다. 소매를 접고 바지춤을 끈으로 고정했다. 명숙은 점차 혈색이 돌아왔지만 아직 스스로 걷는 건 힘들어 보였다.

"당분간은 여기에 있어. 몸이 회복되고 나면 나랑 같이 독립할 곳을 찾아보자. 여기가 아닌 곳에."

명숙은 대꾸 없이 고개를 끄덕였다.

"경성도 좋겠지. 네가 뭐든 할 수 있게 도울게."

너로 살 수 있게. 나는 다짐했다.

"우리 꼬맹이, 다시 볼 수 있을까요?"

"그럼, 당연하지."

나는 명숙의 집에 다녀온 일을 굳이 말하지 않았다.

"그런데, 하나 언니는요?"

"고향에 갔어. 남편은 출장 갔고."

적어도 몸이 회복될 때까지는 명숙이 이곳에 있다는 사실을 아무에게도 알리지 않기로 마음먹었다. 하나가 알게 되면 아랫마을로 소문이 번질지도 모르고 다카히로는 당장 경찰에 신고할 테니까.

"당분간은 비밀로 하자. 네가 여기 있는 거 말이야."

"그러는 게 좋겠어요. 그 사람들 여기까지 찾아올지도 모르잖아요."

나는 고개를 끄덕였다. 명숙이 말하는 그 사람들이 누구인지 묻지 않아도 알 수 있었다.

"그 작자들은 대체 내가 무엇이 되기를 원한 걸까요."

명숙은 조용히 말하며 다시 눈을 감았다.

해 질 무렵, 예정보다 빨리 다카히로가 돌아왔다. 2층에서 자동차 배기음을 듣고 창을 내다보니 다카히로의 차가 보였다. 나는 명숙에게 문을 닫고 있으면 다카히로가 2층으로 올라오는 일은 절대 없을 거라고 말했다.

"괜히 저 때문에…… 죄송해요."

나는 그런 말 말라고 명숙을 안심시킨 뒤 문을 닫고 1층으로 내려왔다.

다카히로의 얼굴은 몹시 상기되어 있었다. 인천항에서 곧장 집으로 왔다는 그는 히로시마에 커다란 폭탄이 떨어졌다며 전쟁이 곧 끝날 것이고, 이제 본국으로 돌아갈 날이 머지않았다고 말했다. 물 한 잔을 들이켠 다카히로는 그제야 정신이 든 듯 서둘러 움직였다. 응접실 서랍장에 보관해 두었던 서류를 꺼내고 여행 가방을 끄집어내 서랍에 든 물건들을 주워 담기 시작했다. 나로서는 처음 보는 것들이었다.

"그게 다 뭐야?"

말끝에 서늘한 기운이 묻어났다.

"당신이 여기 와서 이것 좀 담아봐. 나는 2층에 가서 챙길 게 있으니까." 다카히로가 재킷을 벗고 와이셔츠를 걷어 올리며 말했다. "시간이 많지 않아. 공장에도 가봐야 하거든."

"2층에서 챙길 게 뭔데? 내가 할 테니까, 그렇게 급하면 당신은 공장에 가봐."

"그럼……" 다카히로는 계단 쪽을 힐끔 쳐다보고는 생각을 바꿨다. "옷장 아래 가방이 하나 있을 거야. 그걸 챙겨서 응접실에 옮겨 놔. 그전에 여기 와서 여행 가방에 이걸 좀 담고."

다카히로가 뜯어낸 마룻바닥 밑에 금괴 여러 개가 쌓여 있었다. 언제부터 거기 있던 건지 알 수 없었다.

"청림 공장에 갔다가 군산 공장에도 다녀와야 해. 아마 내일 늦게 도착할 거야. 공장에서 사람들이 와도 절대 열어주지 말고." 다카히로는 다시 소매를 내리고 재킷을 입었다. "며칠 안으로 여기를 떠나야 해. 천황이 패전 선언을 하기 전에 말이야."

"어디로?"

"어디긴…… 내가 말했잖아. 전쟁이 끝날 거라니까. 일본으로 돌아가야 해."

"폭탄이 떨어졌다면서."

"교토로 갈 거야. 거긴 안전해. 맞다. 당신 고향이잖아.

잘됐네. 거기에도 병원은 있을 거 아니야."

"난 남을 거야. 환자들이 있어."

"환자는 교토에도 있어. 전쟁이 끝나면 조선인들이 당신을 가만히 둘 거 같아? 찢어 죽이지나 않으면 다행이지. 아니, 죽는 게 나을 수도 있어. 자기들이 당한 만큼, 그 이상으로 갚으려고 들걸? 당신, 병원에서 편안하게 알코올 냄새나 맡고 있으니까 모르나 본데, 당신이 치료한 사람보다 우리 손에 죽어나간 조선인들이 훨씬 많다고……. 이제 와서 조선인 행세라도 하겠다는 거야?"

다카히로의 말을 인정할 수 없었지만, 더는 대화를 잇고 싶지 않았다. 어서 그를 집 밖으로 내보내야 했다. 마침 다카히로가 현관 앞으로 향했다.

"이럴 시간 없어. 공장에 다녀올 테니 짐 잘 챙겨두고, 당신도 떠날 준비나 해둬."

다카히로가 2층 난간을 눈으로 훑었다. 계단 아래 성모마리아상을 슬쩍 쳐다본 뒤 재킷을 여미고 거친 숨을 몰아쉬며 현관문을 열고 사라졌다. 나는 다카히로의 차가 정원을 빠져나가는 걸 지켜봤다. 어느새 땅거미가 지고 있었다. 나는 2층으로 가서 명숙을 다시 한번 안심시키고 옷장 아래 가방을 확인했다. 가방 안에는 100엔짜리 지폐가 가득 담겨 있었다. 응접실에 가방을 가져다 두면서 오히려 잘됐다고 생각했다. 어스름이 내려앉은 정원을 바라보며 나는 마음을 굳혔다. 명숙과 함께 이 집에 남기로 결심했다.

다카히로에게는 병원 일을 마무리한 다음 교토로 가겠다고 하면 그만이었다. 그사이 시간이 훌쩍 지났다. 나는 2층 나츠의 방에서 명숙에게 흰쌀 미음을 조금씩 떠먹였다. 명숙에게 계획을 모두 말하지 않았다. 다만 내일 오후에 다카히로가 돌아올 예정이며 하루이틀 뒤에 다시 긴 출장을 떠날 테니 그때까지 숨어 지내라고 말했다. 명숙은 입안에 든 것을 오래 두고 씹었다. 내일은 아침 일찍 병원에 다녀와야 했다. 정오 전에 귀가할 작정이었다. 나는 나츠의 방에서 명숙과 함께 잠이 들었다.

이른 아침 눈을 떴을 때 명숙은 깨어 있었다. 무슨 이유인지 뜬눈으로 밤을 지새운 것 같았다.

"금방 다녀올게."

"제 걱정은 말고 다녀오세요. 여기에 있을게요." 명숙은 누운 채로 자신의 발끝을 바라보며 말했다. "이대로는 어디 갈 수도 없고."

"아무 일 없을 거야."

나는 명숙을 병원에 데리고 가려다가 생각을 고쳤다. 병원이라고 해도 다른 사람들의 눈에 띌 수밖에 없었기 때문이다. 지금 명숙에게 가장 위험한 건 위치가 발각되는 것이었다. 명숙의 가족들을 위해서라도 명숙의 행방은 불명이어야 했다.

병원에 도착하자 당직을 서던 노리코는 나를 반갑게 맞이했으나 이내 시름에 잠겼다.

"선생님, 다시는 못 보는 줄 알았어요."

"하루뿐이었는데, 뭘."

"본국 상황이 심상치 않다고 들었어요. 폭탄이 떨어졌대요. 사람들이 많이 다쳤나 봐요. 죽은 사람도 있고⋯⋯ 쇼타 선생님은 내일 돌아가신다고 하셨어요. 모리야마 선생님도 배편을 알아보시는 것 같고."

어젯밤 다카히로가 늘어놓았던 말을 떠올렸다.

"로제타 선생님은?"

"선생님은 별다른 말이 없으세요."

"노리코 선생은 어때? 고향이 나고야랬지? 부모님이 걱정하실 텐데." 내가 조용히 물었다. 노리코는 복도 양쪽의 병실들을 둘러보다가 답했다. "환자들이 있잖아요……. 솔직히, 아직 모르겠어요. 선생님은 계실 거죠?"

"그래야지. 그런데 오늘은 일찍 들어가야 해. 집에 환자가 있거든."

"누구요? 다카히로 사장님, 어디 편찮으세요?"

"아니, 그건 아닌데. 미안해. 자세히 말할 수 없어. 집에 환자가 있다는 말도 비밀로 했으면 좋겠는데." 나는 불필요한 말을 했다고 생각했지만 노리코라면 믿을 수 있었다. 내가 이곳에 오기 전부터 로제타와 함께 병원을 지킨 간호사였다.

"그럼요." 노리코가 말했다.

"고마워, 환자들은 어때?"

나는 오전 사이 입원 환자들의 처치를 마치고 명숙에게 필요한 약을 챙긴 뒤 병원을 빠져나왔다. 어느덧 시간은 정오를 한참 지나 있었다. 집으로 돌아가는 길, 길목마다 사람들의 움직임에서 전에 없던 활기가 느껴졌다. 몇몇 이들은 봇짐을 이거나 수레를 끌고 어딘가로 분주히 이동했다. 그제야 며칠째 정오마다 울리던 사이렌 소리가 들리지 않았다는 걸 깨달았다. 마침내 전쟁이 끝날 참이었다.

  집 앞에 다카히로의 차가 보이자 마음이 조급해졌다. 2층으로 올라갈 일이 뭐가 있겠어. 별일 없을 거야. 나는 혼잣말을 내뱉으며 차를 세우고 집으로 향했다. 현관 앞에 도착했을 때 다급한 비명을 들었다. 그리고 둔탁한 소리가 연달아 이어졌다. 문은 잠겨 있었다. 불길한 예감이 순식간에 찾아들었다. 가방에서 열쇠를 꺼내 문을 여는 시간이 길게 느껴졌다. 문을 열어젖히자마자 내 시선은 위쪽을 향했다. 2층과 2층을 오가는 계단. 맨 아래, 마지막 칸에 명숙이 쓰러져 있었다. 한쪽 다리는 축 늘어지고, 고개는 뒤로 꺾인 채 천상을 향해 있었다. 공포에 물든 눈은 뜨고 있지만, 텅 비어 있었다. 머리에서 피가 쏟아졌다. 나는 자세를 낮춰 명숙의 벌어진 입술 위로 손을 가져다 대었다. 숨소리가 들리지 않았다. 심장에 귀를 대봤으나 마찬가지였다.
  "그년 대체 누구야?" 2층에서 다카히로가 계단을 내려오며 내게 소리쳤다. "아는 년이야?"

비명처럼 흐느낌이 새어 나왔으나 곧 입술을 깨물었다. 아니야, 울 시간 없어. 명숙을 안은 채 다시 맥박을 짚었다. 나는 숨을 불어넣고, 손바닥으로 경부를 눌렀다. 하나. 둘. 셋. 반응이 없었다.

다카히로는 천천히 계단을 내려오며 손목에 단추를 채우고 바지를 추켜올렸다.

"그년이 옷장 속에 숨어 있었어. 조선인이야. 우리 돈을 훔치려던 게 분명해. 그래서 내가 사람을 들이지 말라고 했잖아."

그렇게 말하며 명숙이 머물던 방을 힐끔거렸다. 나는 고개를 들어 2층을 올려다보았다. 문틈 너머로, 하나의 뒷모습이 보였다.

"지가 계단을 헛디디면서 그렇게 된 거라고. 근데, 정말 죽은 거야?"

나는 다시 명숙과 얼굴을 맞대고 흐느꼈다. 나 때문이었다. 또 떠나 보낼 수는 없었다. 불현듯 명숙을 살릴 방법이 떠올랐다. 머릿속에서 고타로의 편지를 되짚기 시작했다. 32시간 동안 숨이 멎은 자를 살려냈다는 고타로의 전류 장치. 늦지 않았어. 나는 기억 속에서 편지에 적혀 있던 과정을 복기했다. 우선 피가 필요했다. 많을수록 좋았다. 여기에 사람이 있었다. 하나, 둘……. 나는 한 발 뒤로 물러나 고개를 숙이고 눈물을 훔쳤다. 인상을 구긴 채 명숙을 살피고 있는 다카히로의 뒤로 다가갔다. 계단 끝에 놓여 있던 성모마리아상을 양손에 거머쥐었다. 오래전 마에다 교수의 목소리가 들렸다. '여기, 자기 두개골을 본 사람 있나?' 나는 다카히로의 정수리와 오른쪽 귀 사이를 겨냥해 성물을 힘껏 휘둘렀다.

2025

수현

    그 여름, 실비는 중환자실에서 이틀을 보내고 병실에서 다시 사흘을 보낸 뒤 퇴원했다. 의사는 무균실이 있는 병원으로 전원을 권했지만 실비와 나는 집으로 돌아왔다. 의사도 더는 우리를 붙잡지 않았다.

    집으로 돌아온 실비는 제 방으로 올라가 수집해 놓은 물건들 틈에 간호사에게 선물로 받은 고양이 인형을 배치했다. 노란색 태비 무늬였다. 며칠 사이 실리가 새로운 물건들을 잔뜩 수집해 두었다. 집 근처를 돌며 주운 작은 돌이 주를 이뤘고 낡은 일본 지폐 한 장과 검은색 구슬

한 쌍, 부서진 자기 조각과 고장 난 회중시계도 있었다. 그리고 가장 끄트머리에는 붉은 버섯이 놓여 있었다.

"이건 어디에 있었어?"

"저쪽."

실리가 계단 쪽을 가리키며 말했다. 햇빛을 받은 버섯의 둥근 갓 부분에 붉은 점이 박혀 있는 게 보였다.

"창고?"

"응."

"이건 엄마가 가져갈게."

"요리에 쓰려고?"

"쓸 수 있는지 볼게. 다음부터 버섯이 보이면 엄마한테 바로 알려줘. 만지지 말고. 창고에서 찾을 게 있어도 엄마한테 말하고. 알았지?"

실리가 고개를 끄덕였다.

"이건? 이건 어디에 있었어?"

나는 녹이 슨 시곗줄을 조심스레 들어 올렸다. 도금이 되어 있었는지 적갈색 사이사이에 금색 빛깔이 남아 있었다.

"아빠가 저기, 땅을 팠던 날 있잖아."

"그걸 봤어?"

"응. 여기선 다 보여."

실리가 창문 옆에 서서 말했다.

"그다음 날 실비랑 같이. 반짝이던데?"

"엄청 오래된 거네."

"그런가 봐. 시계가 멈췄어."

창문 옆에 서 있던 실리가 다시 다가와 일기장이 놓인 곳을 가리키며 물었다.

"엄마, 이건 다 읽었어?"

나는 고개를 끄덕이고 답했다.

"이 집에서 좋은 일이 많이 있었더라고."

"무슨 일?" 실리가 관심을 보였다.

나는 나오가 아이를 낳고, 친구와 편지를 주고받았으며, 마을 사람들과도 어울렸다고 말했다. 의사로서 많은 사람을 치료하기도 했다고. 대부분 진실이었으나 그 끝을 말하지는 않았다.

"나오는 이제 할머니야?" 실비가 물었다.

"응. 근데 지금은 나이가 너무 많아서 돌아가셨을 거야."

"엄마의 엄마보다 더 많아?"

"응. 할머니는 일찍 돌아가시긴 했지만…… 할머니의 할머니쯤 되겠네."

이야기를 듣던 실리가 끼어들었다.

"그런데 안 좋은 일도 있었다던데?"

"뭐?"

"저 나무." 실리가 손을 들더니 대들보를 가리키며 말했다.

"저 나무가 왜?"

"원래 이 마을에 아주아주 오래 산 나무였대. 근데 일본 사람들이 와서 나무를 베고 이 집을 짓는 데 썼대. 그래서 마을 사람들이 엄청 화가 났었대."

목수가 말해준 일화와 비슷했다. 그래서 이 집이 튼튼하다고 목수는 말했지만 본심은 그게 아니라는 걸 알았다. 그가 감춘 말은 저주였을까, 원한이었을까.

"그걸 누가 말해줬어?"

"명숙 언니."

"그 언니는 정말 모르는 게 없네. 실비랑 엄마가 병원에 있는 동안 자주 왔어?"

"아니, 아빠가 있었잖아. 명숙 언니는 아빠 싫어해."

규호는 어떻게 명숙을 대면했을까. 대체 무슨 이야기를 나눈 걸까. 나는 고개를 끄덕이며 생각했다. 명숙을 만나면 묻고 싶은 게 많았다. 잠자코 듣고 있던 실비는 미소를 띠었지만 피곤해 보였다.

"엄마는 이제 내려가야겠다."

나는 버섯을 들고 정원으로 나왔다. 느티나무를 마주 보고 서서 담배를 꺼내 물었다. 실비가 중환자실에 입원했을 때부터 다시 담배를 피우기 시작했다. 담배를 처음 배웠을 때도 엄마를 생각했다. 나는 엄마와 이름이 같았다. 원장 수녀님이 얄궂게도 그렇게 지었다. 이름이 엄마가 남긴 유품인 셈이었다.

또 다른 유품은 담배였다. 엄마가 입고 있던 바지 속에는 젖은 담배만 들어 있었다고 했다. 미혼모였던 엄마가 처음부터 나를 데려가려고 생각했는지는 알 수 없다. 어쩌면 내가 같이 가겠다고 엄마의 손을 놓지 않았을지도 모른다. 날 버린 걸까, 아니면 날 지키려 했을까. 그도 아니면 내가 엄마를 깊은 물 밑으로 잡아끌었을까. 일곱 살 때 일로 남아 있는 기억은 거의 없었다. 엄마는 나를 안고 한강에 빠졌다. 나는 떠올랐고, 엄마는 가라앉았다. 살아남은 나는 물을 무서워하는 아이가 되었고 성당에서 운영하는 보육 시설에서 자랐다.

 실비와 실리가 내게 오기 전까지는 평범한 어른이 되었다고 믿었다. 그런데 실비가 아프면서 당연했던 삶에 서서히 균열이 생기기 시작했다. 눈물이 쏟아졌다. 실비가 가여웠다. 떠올라야 하는 건 실비였다. 햇볕이 뜨거웠다. 아이들의 눈에 띄지 않도록 느티나무 뒤편에 숨어 어깨를 들썩이며 울었다. 이사를 해도 달라지는 건 없었다. 하나도 나아지지 않았다. 그때였다. 아무런 기척도 느끼지 못했는데, 누군가의 손바닥이 등에 닿았다. 가만히 등을 쓸어내리자 온기가 퍼졌다. 눈을 떴다. 바로 옆에 명숙이 서 있었다. 나는 서둘러 눈물을 닦았다.

 "괜찮아요. 애들은 잠들었어요."

 명숙이 말했다. 나는 그녀가 일기장에 나온 그 명숙이라는 걸 묻지 않고도 느낄 수 있었다. 명숙은 오래전에 죽었는데 지금 내 앞에 있었다.

 "당신은, 살아 있나요? 대체 어떻게……."

 나는 당혹스러웠다. 눈에 보이는 걸 믿을 수 없었다.

 "그렇지 않다면, 아이들과 어떻게 대화를 나눴겠어요."

그건 진실이었다.

"아이들이 명숙 언니 얘기를 많이 했어요. 고마워요. 실비와 실리의 친구가 되어줘서."

"나도 아이들과 대화를 나누는 게 즐거워요. 이 집에 사람들이 온 게 얼마 만인지……."

"사실, 나도 당신을 알아요."

"나를요?"

"아랫마을에 살았잖아요. 동생이 있고. 언니는 애장에 묻혔죠."

"그걸 어떻게 알았나요?"

"나오, 나오의 일기장을 읽었어요. 나오는 어떻게 됐죠?"

"우리는 오랫동안 이곳에서 함께 살았어요."

"일기에 그런 내용은 없었어요."

"집을 떠나야 했거든요. 한번 집을 떠나자, 다시 들어갈 수 없었어요. 집주인의 허락을 받기 전까지 말이에요. 오랜 시간 빈집이었기에 우리는 애장과 정원을 오가며 지냈죠. 주인은 이곳에 통 오지 않았거든요."

"나오는 죽었나요?"

명숙이 고개를 끄덕였다.

"당신도?"

나는 삶과 죽음을 구분하고 싶었다.

"생각하기에 달렸죠. 나오가 나를 다시 살렸거든요. 고통 없이, 살아 있도록 나를 해방시켰어요."

그제야 명숙의 몸을 마주 보았다. 가까이에서 보니 피부 곳곳에 상처가 나 있었다. 아니, 그건 상처가 아니었다. 피부를 꿰매고 기운 흔적이었다. 명숙은 내 시선을 피하지 않았다.

"당신은요? 당신은 살아 있나요?"

나는 대답할 수 없었다. 그 옛날 엄마와 함께 가라앉은 뒤 한 번도 떠오르지 못하고 그대로 성장했는지도 몰랐다. 결국 다시 물을 수밖에 없었다.

"그럼, 나오는요? 나오는 어디 있나요?"

"나오는 살릴 수 없었어요. 그런 건 나오가 가르쳐주지 않았거든요."

"그러면 나오는……."

"애장에 묻혔어요."

나는 애장으로 향하는 숲길을 바라봤다.

"당신은 여기 있어요. 떠나지 말아요. 아이들과 같이

계속 여기 머무르면 좋겠어요."

　명숙은 마지막 말을 남기고 맨발로 숲길을 걸어갔다.

1995

규호

 마지막까지 칼을 쥐고 있던 건 분명 현필이었다. 손잡이에 적혀 있던 '16'이란 숫자도 또렷하게 떠올랐다. 무언가 잘못됐다는 건 셋 다 알았다. 나와 현필, 현성 모두 입을 열었지만, 그것은 말이라기보다는 중얼기림에 가까웠다. 현필은 머리를 감싸 쥐었고, 현성은 얼굴이 하얗게 질린 채 주저앉았으며, 나는 말 없이 벽을 바라봤다. 팔 전체가 미세하게 떨렸고 손바닥에서 끈적한 액체가 느껴졌다. 경태는 방 한가운데 엎드린 채 누워 있었다. 목에는 여전히 회중시계가 걸려 있었다. 바닥에 피가 고였고, 쇠

냄새가 코끝을 찔렀다. 누구도 경태에게 다가가지 못했다. 몽롱한 기분 속에서, 누군가 현관문을 열었다. 바깥은 완전히 어두워져 있었다. 문이 열리는 순간, 우리는 고여 있던 불길처럼 뛰쳐나갔다. 아무 말이 없었다. 적산가옥을 빠져나와 호숫가에 다다르자 바람이 몸을 휘감았고, 발밑에서 바스락거리는 낙엽 소리가 따라붙었다. 달릴수록 입에서 뜨거운 숨이 뿜어져 나왔다. 어딘가로부터 도망치는 듯한 기분이 들었지만 어디로 향하는지도, 무엇을 위해 달리는지도 알 수 없었다. 그저 뛰어야만 했다.

집에 도착하자 현필과 현성의 온몸이 피와 땀과 흙에 젖어 있는 게 보였다. 나라고 다르지 않을 터였다. 손바닥으로 얼굴을 훔쳐내자 시뻘건 피가 묻어 나왔다. 눈이 따끔거렸다. 큰엄마는 마당에서 우리를 발견하고는 놀라서 입을 다물지 못했고 큰아버지가 뒤따라 나왔다. 우리를 마주한 어른들의 얼굴엔 당혹감보다도 경계가 서려 있었다. 큰아버지는 현필, 현성, 그리고 나를 현관 앞에 세워두고 자초지종을 물었다. 제대로 대꾸하는 사람이 없었다. 말이 되지 않는 이야기 속에서 한 가지 사실만은 명확했다. 경태가 피를 흘렸고, 현필의 손에 칼이 들려 있었다는 것. 나는 경태가 죽었다고 말했다. 그 말을 내뱉자 현성이 고개를 숙였고 현필은 울먹였다. 나는 연신 손바닥으로 얼굴을 닦아냈다. 큰엄마는 이내 등을 돌려 켜져 있던 모든 전등불을 껐다. 큰아버지가 대문을 걸어 잠그며 말했다.

"지금부터 잘 들어라. 아무한테도 문 열어주지 마. 찬물로 몸부터 씻고 너희 방으로 들어가. 불도 켜지 말고."

큰엄마와 큰아버지가 나간 뒤 우리는 차례로 욕실로 가 샤워를 했고 아무런 대화도 나누지 않았다. 집 안은 정적에 잠겼다. 얼마나 지났을까, 마당 안쪽에서 자동차 전조등이 켜졌다. 불빛은 집 안으로 길게 드리워졌고 현필이 먼저 밖으로 나갔다. 현성과 나는 방에 남은 채 여전히 침묵에 잠겨 있었다. 잠시 후 현필이 집으로 돌아와 나를 불렀다.

"규호야, 엄마가 짐 챙겨서 내려오래."

나는 가방을 챙겨 거의 반사적으로 계단을 내려갔다. 거실은 깊은 어둠에 묻혀 있었다. 큰엄마와 큰아버지는 거실 한편에서 조용히 대화를 나누다가 내가 다가서자 입을 닫았다. 큰엄마가 먼저 말을 꺼냈다.

"방금 전화가 왔어. 어머니가 위독하시대."

이어서 마주 보고 서 있던 큰아버지가 타이르듯 내게 말했다.

"오늘 하루는 기억 속에서 지우는 게 좋을 것 같다. 아무 일 없을 거야. 너희 아버지가 차를 보냈으니까, 곧 올 거다."

그들의 몸에서는 젖은 흙냄새가 났다. 머지않아 마당 안쪽에 또다시 전조등 불빛이 드리워졌고, 나는 밝은 빛에 이끌려 현관을 나섰다. 현성과 현필에게 작별 인사도 건네지 못했다. 자동차 운전석에는 낯선 남자가 앉아 있었다. 그는 한마디 말도 없이 나를 병원으로 데려갔다. 나는 차창에 비친 내 얼굴을 들여다보았다. 낯설고, 아무 감정도 느껴지지 않았다. 손을 내려다보았다. 조용히 떨리고 있었다. 손바닥에는 여전히 희미한 얼룩이 남아 있었다. 그것이 피인지 흙인지 아니면 그냥 땀인지 알 수 없었다. 검지로 문대도 얼룩은 지워지지 않았다.

병실에 도착했을 때 엄마는 자고 있었다. 아빠가 잠깐 자리를 비운 사이, 엄마가 눈을 떴다. 나와 눈이 마주친 순간, 엄마는 악몽을 꾸는 사람처럼 몸을 떨더니 숨을 멈쳤다. 간호사가 뛰어오고 의사가 뒤따라 달려왔지만 의식은 돌아오지 않았다. 간호사와 의사가 분주히 오가는 동안 나는 가만히 서 있기만 했다. 내가 할 수 있는 일은 없었다.

나는 오랫동안 그 모든 일이 벌어진 그해 여름을 잊으려 노력했다. 큰엄마와 큰아빠는 경태의 일에 대해 묻지 않았다. 그들은 이미 결론을 내린 듯했다. 이미 사고를 친 적이 있는 현필이 그 일을 저질렀다고. 이번에야말로 사실이 밝혀지면 현필의 인생은 물론, 자신들의 삶도 끝장이라고 여기는 것 같았다. 나는 죽기 전 경태의 말과 깊은 밤 큰집에서 들었던 말을 조합해 결론을 내렸다.

엄마의 장례식장에 청림에서 왔다는 형사가 찾아왔다. 내게 실종된 아이에 관해 아는 것이 있냐고 사진을 건네며 물었다. 경태였다. 나는 고개를 저었다. 다른 말은 필요하지 않았다. 그 후로 경태에 대해 아무도 묻지 않았다. 그를 찾았다는 소식도 들려오지 않았다. 한동안 악몽을 꿨다. 꿈의 무대는 늘 청림이었다. 적산가옥. 그 안에서 경태를 짓밟고 있는 사람은 다름 아닌 나였다. 나는 경태의 얼굴을 떠올리지 않으려 애썼지만 꿈속에서 경태는 나를 정면으로 응시했다. 눈동자가 있어야 할 자리에는 검은 구슬이 박혀 있었고 벌린 입속에선 절지동물이 하나둘 기어 나왔다. 꿈에서 깰 때마다 나는 침대 끝에 쪼그리고 앉아 손바닥을 들여다보았다. 씻고 또 씻었지만 어째서인지 얼룩은 지워지지 않았다. 꿈에서 깨고 나면 어김없이 경태가 들려준 이야기가 떠올랐다. 호숫가에 둘만 있을 때, 서낭당 옆 플라타너스에 목을 매단 귀신 이야기만 들은 게 아니었다. 나무는 원래 두 그루였다고 했다. 일본 사람이 베어 간 그 나무는 신령나무로 불렸는데, 그 집의 대들보가 되고는 집에 드나드는 사람 앞에 죽은 사람들이 팔다리가 분절된 채 따로따로 나타나더라는 이야기였다.

훗날 그날 밤의 일을 알려준 사람은 다름 아닌 현필이었다. 그 일이 있고 4년 가까이 지난 어느 날이었다. 현필이 집으로 전화를 걸어왔고 내 의사와는 상관없이 순식간에 말을 쏟아냈다. 현필의 말에 의하면 그날 밤, 큰아버지와 큰엄마는 경태의 시신을 마당에 묻었다고 했다. 이후 그 집을 매입했고 그곳으로 이사를 하거나 세를 주진 않았지만 외부에서 보면 사람이 살고 있는 것처럼 치밀하게 위장했다. 커튼이 드리워졌고, 주기적으로 창문을 열었다. 경태의 할머니가 손에 사진을 들고 그 집을 찾아온 적도 있었다고 했다. 나는 숨죽여 들었다. 현필은 이야기를 전하는 도중 잘 듣고 있는지, 자기 말이 이해되는지 여러 번 확인했다. 마치 인수인계를 하는 사수처럼. 하지만 나는 제대로 답할 수 없었다. 그러다 불쑥 수화기 저편에서 침묵이 흘렀다. 그저 숨을 깊게 들이쉬었다가 내쉬는 소리만 들려왔다. 숨소리가 점점 길어지더니 휘파람처럼 계속됐다. 수화기 너머에서 이쪽으로 전선을 타고 무언가 넘어올까 두려워 전화를 끊었다.

1945

나오

2층 나츠의 방에서 겁에 질려 떠는 하나를 발견했다.

"괜찮아. 이제 나와서 좀 도와줄 수 있을까?"

가쁜 숨을 삼키며 하나에게 손을 내밀었다. 다리 힘이 풀린 듯 무릎을 덜덜 떠는 걸 보면서 도리어 나는 지금부터 하려는 일에 확신을 품었다. 하나는 난간을 붙잡고 비틀비틀 1층으로 내려왔다. 마룻바닥에 쓰러진 두 사람을 차례로 내려다보며 한동안 말을 잇지 못했다.

"두 사람, 같이 옮기자. 다카히로 먼저."

나는 하나의 도움을 받아 다카히로를 응접실 의자에

앉혔다. 하나가 축 늘어진 다카히로의 몸을 붙잡고 있는 동안 압박붕대를 꺼내 그의 상체, 양팔, 두 다리, 그리고 허리를 단단히 고정시켰다.

 명숙이 쓰러져 있던 자리에는 피가 마룻바닥 홈을 타고 느리게 번지고 있었다. 공기 중에 끈적하고 무거운 쇠냄새가 감돌았다. 하나는 고개를 돌리며 숨을 참았다. 구역질을 하더니 다시 명숙의 몸을 붙들었다. 이윽고 명숙을 맞은편 마룻바닥에 반듯하게 눕혔다.

 나는 하나에게 무슨 일이 있었는지 모두 이야기해 달라고 했다. 그날 다카히로와 나눴던 대화까지 전부 자세하게. 하나는 망설이던 끝에 떨리는 입술로 말했다. 거부할 수 없었다고 했다. 짐작한 대로였다. 다카히로는 하나와 관계를 맺어왔다. 하나가 이 집에 오고 나서 곧장 협박이 시작되었다고 했다. 둘은 오늘 군산에서부터 함께 올라왔고 정오 직전 집에 도착해 2층으로 올라갔던 것이다. 옷장 안으로 숨어든 명숙을 발견한 다카히로가 그녀를 추궁했고, 그를 피해 달아나던 명숙이 계단에서 균형을 잃고 넘어지고 만 것이었다. 그 다리로 걸은 것도 기적이었다. 하나는 다카히로의 등 뒤에서 명숙이 계단 아래로 곤두박질치던 모습을 지켜보기만 했다고 실토했다.

"죄송해요. 제가 도망가라고 했어요."

나는 다카히로가 꺼내 놓은 가방에서 돈뭉치를 쥐어 하나에게 건넸다.

"오늘 일, 잊을 수 있지?"

"전 여기 온 적도 없어요." 하나는 잠시 침묵한 뒤 고개를 끄덕였다. "그, 그런데요. 아까 저기에서 금괴를 봤어요. 제가."

"금괴? 그래서?"

"사람이 죽었잖아요."

"아직 살아 있어."

나는 명숙이 있는 쪽을 바라보며 말했다. 명숙의 왼팔과 오른쪽 다리가 뒤틀린 것이 보였다.

"어쨌든요. 선생님께서 다카히로 사장님을 때리셨잖아요. 죽은 듯이 살려면 돈이 더 필요해요."

하나는 번들거리는 목덜미를 손바닥으로 닦아내고 그 자리에 멈춰 섰다.

"그래? 그러면 곤란하지."

나는 하나의 눈빛이 바뀌는 걸 지켜봤다.

"제 말이요. 사람들이 왜 그 집을 나왔냐고 물어볼 거고. 그러면 선생님도 난처하지 않으시겠어요?"

"맞아. 그걸 생각 못 했네."

명숙과 하나를 번갈아 바라보며 말했다. 하나가 다시 집 안쪽으로 한 걸음 내디뎠다. 나는 응접실 앞 지주 옆에 둔 가방 안에서 금괴 두 개를 꺼내 들고 하나에게 다가갔다. 하나는 두 손을 앞으로 내밀고 있었다.

"미안."

"네?"

하나가 대답하는 순간 금괴로 그녀의 목덜미 옆 경동맥 부위를 가격했다.

쓰러진 하나를 계단 쪽으로 옮겼다. 스카프로 양쪽 팔목을 묶은 다음 난간에 체결하고 다시 응접실로 향했다. 시간이 많지 않았다.

잠시 뒤 다카히로가 먼저 눈을 떴다. 의자에 손과 발이 묶이고 눈은 가려진 상태였다. 입을 막지 않았기에 의식을 찾은 시점부터 나는 그의 움직임을 주시했다. 대꾸는 하지 않았다. 어차피 소리를 지르더라도 들을 사람은 없었다.

"이게…… 뭐 하는 짓이야."

다카히로는 천천히 정신을 차리며 몸을 뒤틀었다. 의자에 묶인 채로, 내 앞에서 벌레처럼 꿈틀댔다.

"사과부터 해야 하는 거 아니야?"

나는 명숙의 벌어진 두피를 꿰매고 있었다. 비단실이 없어서 재봉용 굵은 실을 사용할 수밖에 없었다. 중간중간 맥박도 확인해야 했고, 할 일이 많았다.

"하, 당신 미쳤어?"

"미친 건 너겠지."

"도대체 무슨 속셈이야."

"살릴 거야."

"죽었잖아."

"살릴 수 있어." 나는 말했다. "당신이 도와줄 게 있으니까 기다려. 그 정도는 할 수 있잖아."

"미쳤어, 뭘, 어떻게……." 들릴 듯 말 듯 중얼거리던 다카히로가 마침내 노선을 정한 듯 말을 이었다. "내일 오전에 인천항에서 오사카로 떠나는 배를 준비해 뒀어. 오사카에서 교토로 가는 거야. 당신 고향 말이야. 그 배만

탈 수 있다면 무슨 일이든 다 할게. 그러니까, 제발."

　나는 거즈 뭉치를 한가득 다카히로의 입에 처넣었다. 더는 들을 말이 없었다. 지금은 명숙을 살리는 것 외에 다른 무엇도 중요하지 않았다. 명숙은 피를 많이 흘려서 호흡이 되살아나면 즉각 수혈이 필요했다. 그때까지는 다카히로와 하나를 붙잡아 둬야 했다.

　작업을 이어갔다. 전류가 더 잘 흐르도록 명숙의 피부 위에 물을 흩뿌렸다. 수술용 장갑을 끼고 낡은 구리 선을 집어 들었다. 피복이 벗겨진 끝단은 거칠게 녹슬어 있었다. 길이는 양팔을 벌린 것보다 길었다. 이 정도면 충분했다. 응접실 벽면 콘센트에 선 한쪽을 꽂았다. 나는 구리 선을 들고 천천히 명숙이 누워 있는 곳으로 다가갔다. 재갈이 물린 다카히로가 계속 웅얼거렸지만 신경 쓸 여유가 없었다. 양손으로 두 개의 전선을 움켜쥐고 명숙의 심장 아래와 위쪽에 동시에 갖다 댔다. 순간, 날카로운 불꽃이 터지면서 전등불이 깜빡였다. 명숙의 몸이 경련하듯 들썩였다. 가슴쪽에서 불꽃이 번쩍이고, 고무 타는 냄새가 공기를 채웠다. 고타로가 기술한 상황과 비슷했다. 선을 겹치지 않게 놓은 뒤 명숙의 맥박을 확인하고 동공 반응을 살폈다. 변화가 없었다. 다시 한번 시도했으나 차도가 없었다. 갈라진 입술이 미세하게 떨렸다. 늦지 않았다.

"아직, 아직 아니야."

또다시 전선을 움켜쥐었다. 전선 끝을 한 번 더 조심스럽게 들어 올리며 작게 입을 열었다.

"일어나. 일어나, 제발."

나는 장갑을 벗어두고 계단 앞 가방 속에 들어 있던 고타로의 편지 뭉치를 꺼내 실험과 관련된 대목을 다시 읽었다. 실패로 끝나긴 했지만 살아 있는 자의 심장을 이식하는 방법도 있었다. 실패라고만 볼 순 없었다. 심장을 이식한 뒤 40분간 이식된 몸에서 희미하게나마 맥박이 관찰되었다는 기록에 눈길이 갔다. 가능해. 그사이에 수혈을 하고 모르핀을 사용해서 쇼크를 예방하면…… 나는 편지를 움켜쥐었다.

별안간 응접실 쪽에서 소리가 났다. 명숙이 깨어난 걸까. 더 지켜봤어야지. 환자 곁을 떠나면 안 돼. 나는 명숙에게 달려갔다. 상태를 살피고 자세를 낮춰 맥박을 확인했다. 아까와 같았다. 그때 등 뒤에서 소리가 났다. 깨어난 건 명숙이 아니었다. 어느샌가 양쪽 다리에 묶인 압박

붕대를 푼 다카히로가 나를 향해 두 팔을 내둘렀다.

"이 미친년!"

그대로 쓰러졌다. 다카히로는 온갖 욕설과 함께 나를 향해 주먹을 휘둘렀다. 나는 명숙의 발치에 쓰러진 채 무방비로 폭력을 감당했다. 다카히로는 내 옆구리와 어깨, 얼굴을 발로 걷어차더니 배 위에 앉아 헛소리를 지껄였다. 잠시 정신을 잃었던 나는 오른손을 뻗어 구리 선 두 개를 모두 손에 쥘 때까지 다카히로의 주먹을 견뎠다. 마침내 양쪽 선을 손아귀에 거머쥐었고 다카히로의 옆구리에 동시에 가져다 댔다. 전류가 내 몸까지 전해졌지만 참을 수 있었다. 다카히로가 옆으로 고꾸라졌다. 나는 쓰러진 다카히로를 향해 다시 구리 선을 가져다 대었다. 그가 몸을 움츠림과 동시에 등 전체가 깜빡이더니 이내 모두 꺼졌다. 다카히로는 금방 몸을 일으켜 세우고는 고개를 휘저었다.

"따끔하잖아!"

다카히로가 나를 벽 쪽으로 몰아세웠다. 나는 지칠 대로 지쳐 바닥에 주저앉은 채 등을 벽에 기댔다. 집 내부는 익숙한 어둠으로 둘러싸였지만 그 어느 때보다 밝은 달빛이 스며들었다. 다카히로는 나를 바라보며 웃고 있었다. 얼굴은 침과 땀, 피로 얼룩진 상태였다. 그러더니 마른세수를 하며 호흡을 골랐다. 나는 눈두덩이가 부어올라 시야가 점차 흐릿해졌고 왼쪽 귀에서는 이명이 들렸다.

그 순간, 암흑 속에서 무언가가 일어서는 기척을 느꼈다. 마치 죽음에서 되돌아온 혼령처럼 명숙이 조용히 몸을 일으켰다. 그림자가 벽을 스치며 다카히로에게 다가갔다. 언제 저렇게 컸을까. 내 눈에는 명숙이 무척 거대해 보였다. 벽에 걸려 있던 일본도를 들어 올린 명숙은 망설임 없이 다카히로의 목을 벴다. 잘려 나간 머리는 응접실 입구 쪽 지주에 부딪혔다가 다카히로가 챙겨둔 가방 근처까지 굴러갔다. 당황한 표정이 어둠 속에 드러났다. 나와 눈을 맞춘 명숙은 곧 다시 쓰러졌다. 처음부터 그 자리에 있었다는 듯 누워 있었다. 조금 전 거대했던 외형과는 달리 너무나 작고 왜소했다. 마침내 내 입에서 흐느낌이 새어 나왔다. 다카히로의 잘린 목에서 쏟아지는 피가 마룻바닥을 천천히 적셔갔다.

"악!"

계단 옆에 묶여 있던 하나가 비명을 질렀다.

사흘 뒤인 8월 15일, 라디오에서 천황의 목소리가 흘러나왔다. 패전 선언이었다. 일본인들은 하나둘 조선 땅을 떠나기 시작했고 일본과 중국, 그리고 소련을 떠돌던 전재민들이 고향으로 돌아오고 있다는 소식이 들렸다. 이튿날 방직공장 임원이라는 사람이 찾아와 정원과 연결된 대문을 흔들며 다카히로를 찾았다. 나는 실험용 가운과 장갑을 벗고 정원으로 향했다.

"다카히로 사장님, 안에 계십니까?"

대문을 사이에 두고 남자가 말했다.

"떠났어요. 그제 인천에서 밀선을 탔어요."

"잠깐 들어가 봐도 될까요?"

"왜쇼?"

"다카히로 사장! 직원들 월급이 밀렸습니다! 벌써 석 달째예요! 어디 숨어 있습니까?"

남자는 목소리를 높이며 내 어깨 너머를 훑었다.

"그 사람은 없어요. 대신 당신이 찾으러 온 걸 내가 줄 수 있을지도 모르겠네요."

나는 나흘 동안 내리 그 자리를 지키고 있던 가방을 끌고 왔다.

"사람들에게 공평하게 나눠 줄 건가요?"

"그럼요. 조국에 약속하겠소."

남자는 자신이 타고 온 차에 금괴를 모두 실은 뒤 방직공장 쪽으로 빠져나갔다.

같은 날 오후에는 관청에서 두 사람이 나왔다. 그들은 서류를 내밀며 즉시 집을 비워줄 것을 요구했다. 말은 정중했지만, 단호함이 배어 있었다. 그중 한 사람은 병원에서 마주친 적이 있는 자였는데, 그가 먼저 나를 알아보았다. 청림부인병원 의사라는 걸 알아챈 것이다. 자신의 처자식을 구해준 사람이라고 그가 다른 이에게 나를 소개했다. 나는 닷새간 말미를 달라고 요청했다. 그들은 통지서에 서명을 요구했다. 기한은 나흘 뒤였다. 더는 물러설 기색이 없어 보였다. 서명을 하자 낯이 익은 쪽이 거리에 전단이 나부낀다며 내게 몸조심하라고 말했다. 전단에는 굵은 글씨로 이렇게 적혀 있었.

  왜노소탕본부: 일본인들은 이 땅을 내놓고 썩 꺼져라.

마지막 실험이 남았다.

지난 이틀간 하나의 몸에서 필요한 기관을 골라내 세척과 살균 작업을 거쳤다. 이제 명숙에게 새로운 피와 뼈, 피부와 심장을 내어줄 것이다. 아직 온기가 남아 있었다. 해방을 앞두고 있다.

2025

수현

청림의 겨울은 도시보다 빨리 찾아왔다. 그 직전에는 잠시 스산한 가을이 있었지만, 숲 전체에 단풍이 들면서 생기를 더했다. 아이들은 겨울을 기다리고 있었다. 다가올 봄을 기대했기 때문이다. 낮부터 대기가 얼어붙더니 밤이 되자 바람이 매섭게 몰아쳤고, 아이들에게 그림책을 읽어주던 사이 창밖으로 눈발이 흩날리기 시작했다. 그해 첫눈이었다. 첫눈을 만지겠다며 당장 밖으로 나가려는 아이들을 진정시키고 잠을 재우느라 그림책 한 권을 더 꺼내 들어야 했다.

"내일 눈사람 만들 사람?"

나는 그림책이 꽂힌 책장에서 《눈사람》을 찾아 펼쳤다. 이미 열 번은 더 읽은 책이었지만 아이들은 매번 귀를 쫑긋 세웠다. 정성 들여 눈사람을 만들자, 그것이 살아 움직였다. 둥근 몸통 아래로 짧은 다리 두 개가 툭 튀어나왔다. 나무 팔로 눈과 귀와 코와 입을 매만지며 눈사람은 생명을 만끽했다. 하지만 겨울은 짧았고 기온이 올랐다. 눈사람은 자신이 녹기 전 들판 위에 얼음집을 만들기 시작했고, 마침내 봄이 찾아왔을 때는 스스로 만든 집에 들어가 문을 닫았다. 한동안 그 문은 열리지 않았다. 다시 겨울이 오고, 마침내 눈사람은 집에서 나왔다. 눈보라가 몰아치는 들판 위에서 뒤틀어진 몸을 매만지며 자신에게 찾아온 새 생명을 마음껏 만끽했다. 마지막 장을 넘겼을 때 아이들은 이미 잠들어 있었다.

발목 높이까지 눈이 쌓였다. 이른 아침 출근한 규호의 발자국이 정원을 가로질러 길게 이어졌다. 나는 제설용 삽을 꺼내 들고 발자국을 따라 대문을 향해 길을 냈다. 뒤돌아보니 실비와 실리가 서 있었다. 맨손으로 눈을 만지고 뭉치더니 내게 그것을 던지기 시작했다. 그러나 눈은 내 발치에도 미치지 못하고 곤두박질쳤다.

"장갑 껴야지. 장갑."

집 쪽으로 손을 내저으며 말했다.

"옷도 더 입고 나와! 뛰지 말고!"

아이들이 계단을 오르는 소리가 문밖에서도 들렸다. 실비는 놀랄 만큼 좋아졌다. 가까운 사람들에게 소식을 전하자 모두 기적이라고 했다. 아이들은 순식간에 외투를 챙겨 입고 다시 달려 나왔다. 그러고는 눈사람을 만들기 시작했다. 작은 눈덩이는 금방 아이들의 몸통보다 커졌다. 실비와 실리가 힘을 합쳐 튼튼한 하체를 만들었고, 상체를 올릴 때는 내가 거들었다. 그다음 실비와 실리는 차례로 집을 오가며 눈사람에게 팔과 눈, 코와 입을 만들어 주고 목도리를 둘러주었다.

주방에 앉아 아이들과 늦은 아침을 먹었다. 오전 내내 눈을 치우고 눈사람을 만든 덕에 아이들의 얼굴 가득 홍조가 물들었다.

"코가 너무 커."

"너무 주황색이야."

실비와 실리가 창문을 마주하고 앉아 눈사람을 바라보며 말했다.

"팔이 너무 짧아."

"눈은 작고."

실비와 실리는 토스트를 세 개씩 해치웠다.

"엄마 눈엔 정말 멋진데!"

아이들이 고개를 끄덕였다. 눈사람은 계속 이쪽을 응시하고 있었다.

"응. 그건 그래."

정오부터 구름이 걷히고 햇빛이 들었다. 아이들에게 내일이면 눈사람이 다 녹을 수도 있다고 알려주었다. 실비와 실리는 동시에 우유를 들이켜며 알고 있다는 듯 고개를 끄덕였다.

봄이 오면 아이들은 학교에 갈 나이가 된다. 홈스쿨링을 해야 할지 고민했지만, 아이들은 또래 친구들을 만나고 싶어 했다. 나는 공부를 시작했다. 최근 발표된 심리 상담 관련 논문을 읽고, 민간 상담 센터 등록에 필요한 절차를 살펴보았다. 조사를 진행하면서 자연스레 상담 공간으로 바뀐 응접실의 모습을 그려보았다. 아이들이

학교에 간 사이, 첫 내담자가 찾아온다. 차를 내주고 안부를 물은 뒤, 차트를 넘기며 본론에 들어간다. 조용히 이야기를 경청하고 공감하며 몇 가지 질문을 던진 후 조언을 건넨다. 내담자가 떠나면 다음 일정을 확인하고 집으로 돌아올 아이들을 기다린다. 나는 이것을 반복해서 상상하며 현실이 되길 바랐다.

그렇지만 이 문제로 규호와 빈번하게 부딪쳤다. 규호는 내가 다시 일하는 건 문제 될 게 없지만, 집에 낯선 사람을 들이는 걸 반대했다. 나는 규호의 염려를 이해하지 못했다. 그들은 낯선 사람이 아니었다. 슬픈 마음이 있는 사람들이었고 정식으로 상담을 신청했으니 환대해야 할 이들이었다. 하지만 규호는 넘지 말아야 할 선을 넘고 말았다.

"당신 문제나 해결해. 당신 정말 미쳐버린 거야, 뭐야. 그러고도 상담을 하겠다고? 진짜 상담을 받아야 할 사람은 당신이잖아."

규호가 흥분했다. 나는 목소리를 낮추라고 말했다.

"애들이 듣잖아." 최대한 감정을 누르며 대꾸했다. "이게 그렇게 흥분할 문제야?"

규호는 손바닥으로 눈을 가리고 한숨을 내쉬었다.

"당신이야말로 정말 괜찮아?" 내가 멀찌감치 떨어져서 물었다.

규호는 침묵했다.

"왜? 무슨 일인데?" 나는 내담자와 상담하듯 말했다.

"그만하자."

규호가 마른세수를 한 뒤 응접실 쪽으로 걸어갔다.

"왜, 뭔데. 말해봐."

규호에게 지난가을에 따다 말린 국화꽃 차를 건네면서 다가섰다.

"그 자식, 출소 날짜가 잡혔대."

규호는 자신과 다퉜던 재소자가 곧 출소할 것이며, 그가 자신은 물론 우리 가족에게까지 앙갚음을 하려 들지도 모른다는 불안감을 느끼고 있었다. 나는 책상 위에 펼쳐져 있던 메모지에 이렇게 적었다. 불안, 강박, 기면증 그리고 히스테리.

"괜찮아. 그 사람은 여기 못 와."

"마음만 먹으면 집 주소를 알아낼 수 있을 거야."

"아니, 그 사람이 찾아오면 그런 사람 여기 없다고 할

게. 그래도 계속 오면 경찰을 부르고."

규호는 입을 다물고 깊게 숨을 내쉬기만 할 뿐 대답하지 않았다. 얼마 전까지 보았다던 과거의 그 소년을 최근에도 본 적이 있느냐고 묻고 싶었지만 참았다. 오늘은 여기까지다. 더 몰아붙였다가는 무너질 것이다. 또 이사 얘기를 꺼낼지도 몰랐다. 피곤했다. 그 문제는 나도 양보할 수 없었다.

다음 날이 되어도 눈사람은 그대로 서 있었다. 코가 떨어지고 팔이 부러졌지만 구슬로 만든 양쪽 눈은 붙어 있고 다른 곳도 멀쩡했다. 이상했다. 어제저녁부터 기온이 영상으로 올라가 주변의 눈이 빠르게 녹고 있었다. 나는 떨어진 눈사람의 코를 주우려다가 예상치 못한 메시지를 발견했다. 누군가 눈사람의 등에 글자를 새겨놓았다. 손가락 두 마디가 들어갈 만큼 깊숙하게 패인 글자는 아이들도 읽을 수 있을 정도로 크게 적혀 있었다.

살인자

나는 숨을 삼켰다. 누굴까. 이걸 왜, 여기에. 눈사람의 몸통을 찢듯이 갈라 손바닥으로 글자를 도려내며 어젯밤

보았던 규호의 얼굴을 떠올렸다.

 그날 낮에 호수를 산책했다. 모처럼 기온이 올라간 덕분이었다. 단단히 입고 나왔지만 내리쬐는 햇볕 탓에 따뜻하게 느껴졌다. 아이들은 펼쳐 놓은 캠핑 의자 위에 목도리와 모자를 벗어두고 호숫가로 뛰어갔다. 자갈을 주워 수면 위로 던졌다. 호수를 산책하며 몇 차례 물수제비를 반복하더니 실력이 눈에 띄게 좋아졌다. 자갈은 통통 튀기듯 물살을 가르며 호수 중앙까지 다다랐다. 자갈이 멀리 튀어 오를 때마다 아이들은 신이 나서 나를 바라봤고, 나는 엄지를 들어 올렸다. 그 순간 귓속말로 대화를 나누던 아이들이 저만치 뒤쪽으로 가겠다고 소리쳤다.
 "거긴 왜?"
 실리가 물수제비를 해서 내가 있는 곳까지 물을 튕기겠다는 포부를 밝혔다.

 기온이 떨어지면, 호수는 지면에 가까운 가장자리부터 천천히 얼어붙을 것이다. 곧 물결이 멈추고 얼음이 영역을 넓히리라. 그러나 다시 기온이 올라가면, 얼었던 호수는 결코 역순으로 되돌아가지 않는다. 얼음은 곳곳에 균열을 만들고 깨지고 요동치며 비로소 물로 돌아간다.

규호와 연애할 때 얼어붙은 호수 가운데 놓인 다리를 건넌 적이 있었다. 두려워하는 내게 괜찮다고 말하던 규호. 다리 중간쯤 다다랐을 때 나는 기이한 소리를 들었다. 펑 같기도 하고, 퍽 소리처럼 들리기도 했다. 얼음 밑에서 불규칙하게 터지는 파열음이 귓가에 울렸다. 그 뒤로도 소리는 점차 커졌고 불규칙적으로 이어졌다. 얼마 지나지 않아 얼어붙었던 호수가 녹으면서 내는 소리라는 걸 알았다. 나는 깊게 울리던 그 소리에 귀를 기울였다. 소리가 날 때마다 다리 아래로 나를 잡아당기는 손이 튀어나올 것만 같아 두려웠다. 펑 하는 소리와 함께 얼음이 크레바스처럼 갈라지고 그 아래로 떨어지는 상상을 떨칠 수 없었다.

호수 안으로 들어갔던 나오도 그 소리에 귀를 기울였던 걸까. 한강에 투신한 엄마는 그곳에 평화와 안식이 있다고 믿었을까. 그래서 나를 안은 채 깊고 어두운 강물로 빠졌던 걸까. 성인이 되고 나서 그 당시 기억 하나가 선명하게 돌아왔다. 다리 위에서 엄마는 두르고 있던 스카

프로 자신의 손목과 내 손목을 묶었다. 어린 나는 서로를 잇는 그 행위가 가슴 벅찰 만큼 좋았다. 그리고 엄마는 내 눈을 감긴 뒤 나를 꼭 껴안았다. 엄마의 심장박동이 느껴졌다. 그 뒤로 잠시 기억이 끊겼고 이어지는 감각은 물속에서 시작됐다. 까마득한 어둠 속에서 빛을 향해 떠오르던 내 몸이 어느 순간 멈춰 섰다. 빛을 향해 손을 뻗었지만 더는 위로 올라갈 수 없었다. 숨이 차오르고 몸이 무거워지기 시작했다. 두 다리를 굴렀지만 제자리였다. 그때, 밑을 봤다. 엄마가 내 발목을 붙잡고 있었다. 나는 발을 더 힘차게 굴러 엄마를 뿌리쳤다.

원장 수녀님은 내가 한 달 만에 눈을 떴다고 말했다. 너는 특별한 아이야. 죽다가 살아났으니까. 그러면 어떻게 해야겠니? 돌아가신 엄마를 생각해 봐. 하느님 말씀은 물론이고 선생님 말씀도 잘 들어야겠지? 기도도 열심히 하고.

"엄마, 여기!"

실비와 실리가 외치는 소리에 고개를 들었다.

아이들이 던진 돌이 내 쪽으로 물살을 가르며 다가왔

다. 몇 번 더 반복하던 아이들은 이내 쪼그려 앉았다. 그러고는 다시, 조그만 손으로 납작한 돌을 하나씩 집어 들었다.

나는 의자에서 일어나 호숫가 쪽으로 걸음을 옮겼다.

길 건너편, 갓길에 흰색 경차가 세워진 것이 보였다. 차 뒤편에 한 남자가 호수를 바라보고 서 있었다. 호수 끝에 있는 다리 위라 남자의 시선이 보이지는 않았지만 몸이 향한 방향으로 봐서는 아이들이 있는 쪽이었다. 휴대전화를 들고 있었는데, 통화를 하는 건지 사진을 찍고 있는 건지 잘 보이지 않았다.

"또, 던진다!"

아이들이 손을 흔든 뒤 다시 물수제비를 시작했다. 실비가 던진 돌이 통통 튀며 다가와 내게 닿을 것처럼 느껴졌다. 나는 급히 한 발 물러섰다. 돌은 2, 3미터 앞에서 가라앉았다. 거의 이쪽까지 다다른 걸 확인하고 제자리에서 팔짝팔짝 뛰며 기뻐하는 아이들이 보였다. 그사이 경차와 그 옆에 서 있던 남자는 사라지고 없었다.

집으로 돌아와 욕실에서 손을 씻은 아이들은 곧장 2층으로 올라갔다.

"엄마는 잠깐 나갔다 올 거야!"

"응. 우리는 2층에 있을게!" 아이들이 계단 위에서 대답했다.

나는 전지가위와 삽을 챙겨 애장 쪽으로 발걸음을 옮겼다. 그늘진 애장에는 아직도 눈이 녹지 않고 남아 있었다. 삽으로 눈을 밀어내며 길을 만들었다. 추운 날씨 속에서도 풀숲은 무성하게 자라 있었다. 전지가위로 뻗어 나온 가지를 잘라내며 한 걸음씩 내디뎠다. 애장에는 나뭇가지 두 개와 버드나무 잎으로 만든 십자가가 꽂혀 있었다. 지난번 왔을 때 해두고 갔던 그대로였다. 나는 애장 옆에 서서 숨을 몰아쉬며 집을 내려다봤다. 집 앞에 호숫가에서 본 경차와 남자가 서 있었다.

"누구지?"

내 옆엔 어느샌기 명숙이 다가와 있었디.

"너도 몰라?"

나는 명숙에게 물었다.

명숙은 자신도 아는 게 없다고 말했다. 다만 집을 노리는 사람이라면 위험하지 않겠느냐고 되물었다.

"가봐야겠다."

나는 전지가위를 들고 뛰듯이 걸으며 정원을 지나 차가 서 있던 곳에 도착했다. 이번에도 남자는 사라지고 난 뒤였다.

"처음 보는 남자가 있었어. 우리 집을 노려보고 있더라."
그날 저녁 규호에게 말했다.
"어떻게 생겼는데?" 규호에게 남자의 생김새를 기억나는 대로 설명했다.
규호가 그놈은 아닌 것 같다고 말했다.
"왼쪽 다리를 절거든. 아니, 오른쪽인가. 하여튼 정상이 아니야." 규호는 응접실 쪽으로 가 창문을 바라본 뒤 돌아와서 말을 이었다. "그래서 말인데, 애들 학교 문제도 그렇고, 이사를 가는 게 좋을 거 같아. 당신 상담 일 다시 하고 싶으면 상가 건물로 가도 좋고."
기회를 포착했다는 듯 규호가 말을 쏟아냈다. 늘 그런 식이었다. 규호는 문제를 해결하는 대신 문제가 생긴 곳을 떠나자고 하는 사람이었다. 우리는 이미 몇 차례 이 문제로 다퉜다.
나는 크게 한숨을 내쉬었다. "절대 안 돼."

"이렇게 숲속 외딴집, 당신도 솔직히 불안하잖아. 애들 등하굣길도 걱정되고."

"난 불안하지 않아. 그냥 낯선 사람이 나타났을 뿐이라고. 그것만 해결하면 돼. 아니, 해결할 필요도 없어. 지켜보기만 하면 된다고. 여긴 우리 집이니까 우리 집에서 나가라고 말하면 돼. 도망칠 일이 아니잖아."

규호는 입을 다물었고 나는 계속 말했다.

"이사는 안 된다니까. 여기를 떠날 순 없어. 문제가 있으면 해결할 생각을 해야지. 도망가지 말고. 그냥 혹시나 해서 물어본 거야. 다음에 또 눈에 띄면 내가 얘기할게. 내가 처리할 테니까, 당신은 그냥, 좀……."

대화 도중 전화벨이 울렸다. 나는 주방 벽에 기댄 채 전화를 받았다. 청림성모병원이었고 익숙한 목소리가 들렸다.

"실비가 어떤지 궁금해서요. 병동 선생님들이 많이 걱정하셨어요."

실비에게 인형을 준 간호사였다.

"좋아졌어요. 덕분에요."

"다행이네요. 그러면 다시 서울 병원으로 옮기신 걸까요?"

"아니요. 그때 퇴원하고 실비가 정말 좋아졌거든요. 조만간 인사드리러 갈게요."

"아……."

간호사는 말끝을 흐리더니 잠시 침묵했다. 그런 뒤 정말 잘됐다면서 다음에 뵙겠다는 말을 남기고 전화를 끊었다.

응접실 창문으로 정원에서 놀고 있는 실비의 모습이 보였다.

겨울 해는 빨리 졌다. 땅거미가 지고 있었다. 바람이 불었다. 나는 현관문을 열고 실비를 불렀다. 집에 돌아올 시간이었다.

이튿날, 그 남자가 찾아왔다. 자동차 엔진 소리가 멈추더니 초인종이 울렸다.

"군청에서 왔습니다."

"무슨 일이시죠?"

"사회복지사입니다. 미취학 아동 조사 때문에 왔습니다."

나는 대문 밖의 남자를 살폈다. 전날과 같은 차림의 남자는 대문이 열리자 내게 자신의 명함부터 건넸다.

"애들을 보셔야 할까요?"

나는 명함에 적힌 소속과 이름을 확인하며 물었다.

"인사하면 좋죠. 저희가 확인할 게 좀 있어서요." 그는 체크리스트가 인쇄된 서류를 보여주었다. 거기에는 실비와 실리의 이름, 생년월일, 얼굴 사진까지 또렷하게 출력되어 있었다.

"몇 번 왔었는데, 집에 안 계시더라고요."

"아이가 좀 아파서요. 병원에 있었어요."

"지금은 괜찮은 거죠?"

남자가 미간을 찌푸리며 내 안색과 집 주변을 번갈아 바라보았다.

"네. 잠시만요. 애들 좀 불러올게요."

나는 집으로 들어가 2층을 향해 외쳤다.

"실비, 실리! 잠깐만 나와봐."

"엄마, 왜?"

2층 난간 위로 아이들의 얼굴이 하나씩 떠올랐다.

"너희들 내년에 학교 가기 전에 조사할 게 있대."

"학교에서?"

"선생님이 왔어?"

"아니, 사회복지사 선생님이야. 얼른 나와. 엄마 먼저 가 있을게."

"응. 옷 입고 나갈게."

나는 밖으로 나가 아이들이 곧 나올 거라 말하고, 준비해야 할 서류가 있는지 물었다.

"뭐 그런 건 없고요. 요즘 워낙 일이 많잖아요."

남자가 집을 살피며 물었다.

"그나저나 이 집 엄청 오래되지 않았나요?"

"맞아요. 80년 정도."

"나무도 멋지네요."

남자가 느티나무를 바라보며 말했다.

현관문이 열리며 점퍼를 입고 목도리를 두른 실비와 실리가 나왔다. 대문 앞까지 뛰어오더니 남자를 향해 허리를 굽혀 인사했다. 남자는 아이들에게 학교 갈 준비는 다 되었냐고 물은 뒤 실비와 실리의 이름을 불렀다. 아이들은 차례로 손을 들었고, 남자는 체크리스트에 브이 표시를 한 후 내게 서명을 받았다. 나는 서류에 사인하고 남자에게 건넸다. 남자는 초등학교 취학 전에 궁금한 게 생기면 연락해 달라는 말을 남기고 돌아섰다.

그날 밤, 사회복지사가 집을 다녀갔다는 말에 규호는 또 불안감에 휩싸였다. 무슨 말을 하든 그의 대답은 하나였다. 이곳에서 도망쳐야 한다. 규호가 또다시 이사 얘기를 꺼냈다. 익숙한 전개, 진전 없는 반복. 지긋지긋했다. 떠나야 한다고 주장하는 규호와 이곳에 남겠다는 나의 의지는 계속 부딪쳤다. 이럴 거면 헤어지는 편이 나았다. 하지만 이 집은 여전히 규호의 것이었다.

"당신, 대체 언제까지 이럴 거야!"

결국 규호의 입에서 큰소리가 터져 나왔다. 아이들은 정원으로 나간 뒤였다. 일몰까지 시간이 얼마 남지 않았다. 아이들을 집 안으로 불러와야 했다. 규호는 잠시 침묵한 뒤 기어코 그 단어를 내뱉었다.

"당신이 실비를 죽였어."

나는 창밖의 아이들을 바라봤다. 실비는 살아 있었다.

"그리고, 내가 살렸지."

지난여름의 일이다.

실비의 몸이 급속도로 쇠약해졌다. 호흡까지 불안정했다. 규호는 야간 근무를 하고 있었다. 구급차를 부르려고 할 때 실비가 말했다.

"명숙 언니가…… 괜찮다고 했어. 잠깐만 참으면 된다고. 너는 살 거라고. 여기에서 영원히 살 거라고."

실비는 가쁜 숨을 스스로 진정시키며 작고 느리게 말했다. 이미 며칠 전 실비의 통증에 10이 생겨났다. 몇 번이나 반복된 일이었다. 8이나 7로 내려가지 않았다. 고통과 약간의 회복. 그리고 더 큰 고통. 병원에 가면 나아질까? 더는 거짓말하고 싶지 않았다. 나는 실비를 설득하지 못했다.

"그래, 그만 아프자. 실비야, 눈 감고 자. 엄마가 다시 깨워줄게."

나는 실비에게 옥시코돈을 먹이고 나서 말했다. 더는 실비의 발목을 잡고 있을 수 없었다.

실은 어떻게 해야 할지 알 수 없었다. 명숙을 믿어도 되는 걸까. 용기도, 확신도 없었다. 나오가 그랬던 것처럼 전기 충격을 가해야 하는 걸까. 고타로의 편지를 찾으면 비밀을 알 수 있을 텐데. 밤이 깊어지자 나는 생각을 멈추고 실비의 평온한 얼굴을 하염없이 바라봤다. 그러는 동안 아이가 깨어날 거라는 확신이 가득 찼다.

야간 근무를 마치고 돌아온 규호가 숨이 끊긴 실비를

발견했다.

　나는 규호의 손에서 휴대전화를 낚아챘다.

　"조금만 기다려. 이 집이 실비를 살릴 거야."

　"당신 미쳤어?"

　"증거가 있다고."

　"증거?"

　"살아난 사람들이 있어."

　"그게 무슨 개소리야!"

　"못 믿겠지, 당신은. ……대신 방해만 하지 마."

　"방해라고? 너, 대체……."

　그때 실비가 눈을 떴다.

　여섯 시간 만이었다.

　규호는 실비의 회복을 직접 목격하고도 인정하지 않았다. 실비를 죽인 건 여전히 나라고 몰아세웠다. 뭘 더 해야 이해시킬 수 있을까. 규호는 하나도 바뀌지 않았고 진짜를 보지 못했다. 되살아난 건 실비가 아니라고 했다.

　"죽은 건, 아니 죽인 건 당신이야. 완전히 정신이 나갔잖아! 그때 이 집에서 죽은 것도 당신이어야 했어." 규호가 헐떡였다. "뭐 살아나? 실비가 살았다고? 넌 미쳤어. 신고할 거야. 딸을 죽인 미친년이 여기 있다고."

규호가 휴대전화를 꺼내 들었다. 그때 알았다. 병실에서 들었던 나를 욕하던 그 목소리. 그건 규호였다. 눈사람에 '살인자'라고 새겨 넣은 긴 손가락이 또다시 바삐 움직였다.

"전화하기만 해!"

나는 손을 뻗어 규호의 손을 잡아챘다. 규호는 완강히 저항했고, 나는 바닥에 내동댕이쳐졌다. 내가 다시 달려들자 규호는 내 어깨를 붙잡아 벽 쪽으로 거칠게 밀쳤다. 몸이 응접실 벽에 세게 부딪혔다. 집 전체가 흔들렸다. 곧이어 전기가 나갔고, 나는 암흑 속에서 서서히 시야를 되찾았다. 규호는 응접실 중앙에 우두커니 서 있었다. 전등이 모조리 꺼진 채였다. 일순 안과 밖의 음영이 뒤바뀌었다. 실내는 어두워지고 달빛에 비친 정원은 또렷해졌다. 나무 아래, 한 남자가 이쪽을 바라보며 서 있는 게 보였다. 눈이 있어야 할 자리에 구슬이 박혀 있었다. 그의 얼굴 위로 절지동물 서너 마리가 기어다니고 있었다. 그 남자였다. 낮에 집을 방문했던 바로 그 남자. 나는 어둠 속에서 규호와 그 남자를 번갈아 바라보았다. 어디선가 휘파람 소리가 들렸다.

"씨발, 살아 있잖아." 규호가 중얼거렸다. "그러니까 내가…… 가야 한다고 했잖아."

별안간 나무가 갈라지는 소리가 들렸다. 퍽— 퍽— 얼어붙은 호수가 녹으며 내던 익숙한 파열음. 규호가 바닥으로 시선을 떨궜다. 하지만 바닥이 아니었다. 천장에 매달린 샹들리에가 규호의 머리 위로 떨어졌다. 동시에 나무가 쪼개지는 소리가 들리더니 비명도 없이 그의 몸이 순식간에 가라앉았다. 피가 튀었다. 샹들리에 아래로 신음 소리와 함께 피가 새어 나왔다.

나는 곧바로 경찰에 신고했다. 그리고 실비와 실리가 있는 정원으로 향했다. 사이렌 소리가 울릴 때까지, 우리는 느티나무 아래에서 꼼짝도 하지 않고 서 있었다. 어느새 다가온 명숙이 실비와 실리를 품에 안았다.

명의를 완전히 이전하는 데는 두 달이 걸렸다. 그동안 나는 집 안을 손보며 조금씩 삶의 형태를 가다듬었다. 응접실은 상담실을 겸할 수 있게 바꾸었다. 각자의 일을 마치고 돌아온 실비, 실리와 나란히 앉아 대화를 나눌 수 있는 책상도 놓았다.

  귀신날이 다가오자, 나는 명숙에게 애장에 묻힌 아이들을 초대해도 괜찮을지 물었다. 명숙은 말은 붙여보겠지만 초대에 응하는 건 전적으로 아이들의 선택이라며, 고집이 세고 수줍음이 많은 아이들이니 너무 기대하지는 말라고 답했다.
  나는 나오와 그녀의 어머니가 그랬듯 현관을 정성껏 쓸고 닦았다. 볏짚을 태워 연기를 피우고, 향을 피워 정원을 채웠다. 그러는 동안 명숙은 느티나무에 밧줄을 매달고 그네를 만들었다.
  아이들이 하나둘 느티나무 뒤편 오솔길을 따라 모습을 드러냈다. 새벽녘 집 안에서, 혹은 해 질 무렵 정원 어귀에서 스치듯 마주쳤던 낯익은 얼굴들이었다. 경계를 늦추지 않고 기척도 없이 조용히 자리를 채운 아이들. 나는 현관문을 활짝 열어두고 말했다.
  "안으로 들어와도 괜찮아. 앉을 자리도 많단다."
  아이들 중 몇 명은 고개를 숙이며 머뭇거렸고, 또 어떤 아이들은 손뼉을 치며 환히 웃었다.

실비와 실리는 어느새 또래를 찾아 나섰다. 고무줄을 든 아이에게 말을 걸거나 그네에 앉은 아이 옆에 쭈뼛거리며 다가섰다. 나는 마당 한가운데 모닥불을 피웠다. 모닥불 주위로 캠핑 의자를 두고 돗자리도 깔았다. 바람 끝이 매서웠지만 아이들이 하나둘 늘어나고 불길이 활활 타오르자 정원 구석구석까지 따스한 기운이 감돌았다. 그네를 타는 아이들과 고무줄놀이를 하는 아이들의 웃음소리가 더해졌다.

나는 캠핑 의자에 앉아 정원을 바라보았다. 집 안에서 흘러나오는 푸른빛에 이끌려 시선을 돌렸을 때, 응접실 너머 창가에 서 있는 한 여자와 눈이 마주쳤다. 나는 그녀의 이름을 알고 있었다. 내가 팔을 들어 인사하자 그녀도 고개를 숙여 화답했다.

에필로그

고타로

1994년 8월, 무더운 여름이 계속되고 있었다. 한때는 근처 공장의 직원들이 줄을 서던 곳이지만 지금은 나이 든 환자들과 동네 주민만 찾는 구마모토 의원으로 한 노인이 들어섰다. 건물 외벽은 장맛비의 흔적으로 얼룩졌고 대기실의 잡지꽂이에는 몇 년 전의 잡지가 그대로 꽂혀 있었다.

고타로는 그 병원의 원장이자 유일한 정신과 의사였지만 이제는 주 1회만 출근하는 반퇴직 상태였다. 희끗희끗한 머리를 깔끔히 다듬고 하얀 와이셔츠와 감색 스웨터를 입은 모습이 무던하고 조용한 노인의 풍모를 풍겼다.

진료를 마친 고타로가 간호사에게 인사를 건넸다.

"수고했어요. 다음 주에 봅시다."

간호사는 접수대 옆에 쌓여 있던 일주일 치 조간신문을 고타로에게 건넸다. 고타로는 고맙다는 인사를 하고 신문 다발을 품에 안은 채 병원을 나섰다. 문을 열자마자 습한 공기가 얼굴에 닿았다. 구마모토의 여름은 항상 눅눅했다. 고타로의 집까지는 도보로 15분. 동네 곳곳에 오래된 숲이 있었고 매미 소리가 뒤섞여 들렸다. 고타로의 집은 겉보기엔 쓰러질 듯한 오래된 맨션이었지만 그는 이 집을 떠날 생각이 없었다. 다다미방이 두 개 있고 식탁 옆에는 소박한 불단이 자리해 있었다. 고타로는 신문 다발을 탁자에 내려놓고 불단 앞에 무릎을 꿇었다. 향을 피우고 두 손을 모았다. 입술이 아주 작게 움직였다. 병원을 다녀오는 날이면 기도 시간이 길어지곤 했는데, 그가 누구에게 기도하는지는 아무도 몰랐다.

기도를 마친 고타로는 식탁에 앉아 신문을 넘기기 시작했다. 1면에는 정치인 부정부패 사건이 실려 있었고, 경제면에서는 엔화 약세를 다루었다. 별다른 감흥 없이 기사를 살피던 고타로는 작은 기사 하나를 보고 시선을 멈췄다. 국제면에 실린 한반도 남쪽에 관한 기사였다. **조용한 마을에서 일가족 살인 사건 발생**. 작은 흑백사진에는 낯익은 2층 가옥이 찍혀 있었다. 전형적인 일본식 주택으로 느티나무가 우거진 마당과 독특한 지붕 모양이 눈에 익었다. 고타로의 시선은 오래도록 사진에 붙박여 있었다. 잠시 후 그는 몸을 일으켜 식탁 서랍을 열고 낡은 흑백사진을 꺼냈다. 사진 속에는 나오와 명숙이 나란히 서 있고 그 뒤로 2층 가옥이 모습을 드러내고 있었다. 선명하진 않았지만 집의 외형과 주변 풍경이 신문 속 사진과 분명 일치했다. 고타로는 식탁 한편에 놓여 있던 전화번호부를 펴 들었다가 이내 마음을 바꾸었다. 작은 활자로 인쇄된 지면을 손가락으로 짚으며 신문사 담당 부서의 번호를 찾았다. 수화기를 들고 천천히 다이얼을 돌렸다. 잠시 뒤 연결음이 들렸다. 고타로는 수화기를 꼭 쥔 채 입을 열었다.

고타로가 청림군에 오기까지는 1년이 더 걸렸다. 건강검진에서 폐암 판정을 받고 치료를 받느라 출국 일정이

늦춰진 탓이었다. 택시에서 내린 고타로는 청림호 주변의 작은 숲길을 따라 걸었다. 고타로의 손에는 지도 하나가 들려 있었고, 주름진 눈동자에는 희미한 빛이 떠돌았다. 바람이 호수를 휩쓸고 그의 회색 셔츠를 스쳐 갔다.

 2층 가옥의 대문은 녹슬어 있었다. 마당을 보니 아무도 살지 않는 것 같았다. 고타로는 조심스럽게 문을 밀었다. 삐걱거리는 소리와 함께 문이 열리자 그 안에 아이 몇 명이 뛰놀고 있었다. 그들은 소리 없이 걸었고 웃음소리조차도 허공에서 맴돌았다. 고타로는 아이들을 향해 인사를 건네려다가 곧 그것이 환영이라는 걸 알아챘다. 젊은 시절 만주에 다녀온 뒤로 고타로는 환각과 환청을 경험한 바 있었다. 옛 기억이 되살아났다. 아이들이 하나둘 고타로를 응시하자 그는 현관문을 천천히 당겼다. 문은 부드럽게 열렸다.

 먼지가 수북이 쌓인 마루, 무너진 창틀, 그리고 2층으로 이어진 계단. 지주 하나가 눈에 들어왔다. 붉은빛을 띠는 버섯이 돋아 있었다. 고타로는 그것을 손끝으로 톡 건드렸다. 그 순간, 인간의 것인 듯한 짧은 숨소리가 새어 나오더니 붉은 포자가 흩날렸다. 고타로는 어지럼증을 느끼며 연구소와 하바롭스크 군사 재판정에서 들었던 절규를 되짚었다. 몸부림치던 이들의 팔이 사방에서 뻗어 나와 고타로의 다리를 붙들었다. 고타로는 자신에게 남은 시간이 많지 않다는 걸 깨달았다. 주머니에서 회중시계를 꺼내 이미 오래전 멈춰 선 시곗바늘을 확인했다. 주치의는 길어야 1년이라고 했다. 그래도 여기에서 주저앉을 수는 없었다. 2층으로 올라가는 계단에 발을 디뎠다. 세 번째 칸에서 발을 떼자 위층에서 발소리가 들려왔다. 계단 위로 검은 그림자가 드리워졌다. 고타로는 고개를 젖혀 위를 보았다. 오래도록 그려왔던 이의 그림자가 자신을 내려다보고 있었다. 50년이 넘게 기다려 왔던 순간이었지만 고타로는 지켜보기만 했다. 여전히 도망치고 싶었다.

작가의 말

해방과 영토

 수현의 산책에서 시작한 이 이야기의 여정은 실비와 실리의 등장과 함께 나오에서 금자로, 그리고 명숙으로 이어졌다. 그들이 청림을 오가며 저마다의 역사를 써 내려가길 원하면서, 2025년에 머물렀던 시간은 1995년과 1945년, 더 멀리 1899년까지 거슬러 올라가야 했다. 나는 그들을 알고 싶었고, 가능한 한 더 긴 역사를 품은 채 더 넓은 영토에 다다르고 싶었다. 시공을 가로질러 청림에 머무는 동안 그들은 나를 분명하게 환대해 주었다.
 환대는 어디에나 있었다. 문턱을 넘고 경계를 드나들 때마다 손을 잡아준 이들이 있었다. 무수한 호의가 나로 하여금 이 소설을 쓰게 했는지도 모르겠다. 그러나 한편에는 환영받지 못한 이들이 있었다. 내가 속한 땅의 일이었고 나는 늘 현장에 있었다. 내가 받은 환대는 그들이 준 것이거나 그들이 받아야 할 몫이었다는 걸 뒤늦게 깨달았다. 환대를 돌려주고 싶었다.

그사이 집 한 채가 들어섰다. 전쟁이 모든 일상을 잠식해 가던 시절에 지어진 집으로 일제 강점기에 부를 축적한 이가 마을의 당산나무를 베어 애장 옆에 지은 일본식 가옥이었다. 이곳에서 식민 권력의 폭력과 이주, 이산의 역사가 어떻게 현재를 흔드는지 알고 싶었다. 이 공포의 적층을 측량하기 위해서는 시대의 억압을 드러내야 했다. 억압은 공포로 현현했고 공포는 개인의 내면에만 머물지 않았다. 불안, 고통, 분노, 굴욕감, 수치심 등으로 갈라지는 감정들은 식민지의 질서 속에서 유령처럼 떠돌며 누군가를 죄인으로, 또 누군가를 피해자로 만들었다. 나는 그 감정들의 불균형과 모순을 따라가며 공포가 인간의 내면을 어떻게 점령하고 그 안에 주둔하는지 쓰고자 했다.

공포의 기록을 읽고 쓰던 중 공공 도서관에서 일하게 되었다. 누구에게나 열려 있는 모두의 공간에서 낮에는 어린이 자료실에서 근무하고 저녁에는 종합 자료실을 지킨다. '안녕'이란 말을 생애 이만큼 해본 적이 없다. 그런데도 나는 언제나 더 많은 인사를 받는다. 그제는 자신이 길치라 책을 찾지 못하겠다는 일곱 살 아이에게 책을 찾아주고 고맙다는 말을 들었다. 어제는 종이접기 책을 독파하는 어린이에게 색종이를 몇 장 건넸는데, 얼마 뒤 그 친구는 색종이를 안킬로사우루스로 변신시켜 돌려주었다. 상상하지 못한 놀라운 변화였다.

  나는 얼마 전 청림을 떠났다. '도서관은 죽은 자들이 말을 거는 장소'라는 움베르토 에코의 말을 기억한다. 그러므로 이제 이편에서, 그들을 환영할 것이다. 그들은 책장을 사이에 두고 여전히 우리와 대화하고 있다.

2025년 11월

유재영

호스트: 환영의 집

초판 1쇄 인쇄	2025년 11월 13일
초판 1쇄 발행	2025년 11월 20일
지은이	유재영
기획	신지민
책임편집	오윤나
디자인	studio forb
책임마케팅	최혜령, 박지수, 도우리, 양지환
마케팅	콘텐츠 IP 사업본부
해외사업	한승빈, 박고은
경영지원	백선희, 권영환, 이기경, 최민선
제작	제이오
펴낸이	서현동
펴낸곳	㈜오팬하우스
출판등록	2024년 5월 16일 제2024-000141호
주소	서울특별시 강남구 테헤란로 419, 11층(삼성동, 강남파이낸스플라자)
이메일	info@ofh.co.kr

ⓒ 유재영

ISBN 979-11-94979-83-8 (03810)

반타는 ㈜오팬하우스의 출판 브랜드입니다.

- 이 책은 저작권법에 따라 보호받는 저작물이므로 무단전재와 무단복제를 금지하며, 이 책 내용의 전부 또는 일부를 이용하려면 반드시 저작권자와 ㈜오팬하우스의 서면동의를 받아야 합니다.
- 책값은 뒤표지에 표시되어 있습니다.
- 잘못된 책은 구입하신 서점에서 바꿔드립니다.